D'ALLUMETTES
ET D'ÉCAILLES

du même auteur
chez Christian Bourgois éditeur

En ÉCHEC

BERTA MARSÉ

D'ALLUMETTES ET D'ÉCAILLES

Traduit de l'espagnol
par Jean-Marie Saint-Lu

CHRISTIAN BOURGOIS ÉDITEUR

Titre original :
Encargo

GOBIERNO DE ESPAÑA
MINISTERIO DE CULTURA Y DEPORTE
DIRECCIÓN GENERAL DEL LIBRO Y FOMENTO DE LA LECTURA

La traduction de cette œuvre a reçu l'aide
du Ministère espagnol de la Culture et du Sport.

ISBN : 978-2-267-04619-9

à Manel
(1962-2017)

DEMANDE

Ne me laisse aucun répit, ne me pardonne jamais.
Harcèle-moi dans le sang, que chaque chose cruelle
soit toi qui reviens.
Ne me laisse pas dormir, ne me laisse pas en paix !
Alors je gagnerai mon royaume,
je naîtrai lentement.
Ne me perds pas comme une musique facile, ne
sois ni caresse ni gant ;
taille-moi comme un silex, désespère-moi.
Garde ton amour humain, ton sourire, tes cheveux.
Donne-les.
Viens à moi avec ta colère sèche d'allumettes et
d'écailles.
Crie. Vomis-moi du sable dans la bouche, brise-
moi les mâchoires.
Peu m'importe de t'ignorer en plein jour,

de savoir que tu joues face au soleil et à l'homme.
Partage-le.

Je te demande la cérémonie cruelle de l'entaille,
ce que personne ne te demande : les épines
jusqu'à l'os. Arrache-moi ce visage infâme,
oblige-moi à crier enfin mon véritable nom.

JULIO CORTÁZAR
(Paris, 1951-1952)

NOTE DE L'AUTEUR : Je suis très reconnaissante à ce poème de m'avoir accompagnée tout au long du processus d'écriture, chemin long et parfois assez obscur. Quant à tous ceux que j'ai croisés et qui se sont arrêtés ou m'ont arrêtée, ne fût-ce qu'un instant, je les en remercierai comme il se doit quand nous nous verrons.

I. YÉSI OU DÉSI

a) Choisir un décor et b) situer le ou les protagonistes dans une scène du quotidien, et, sans plus attendre, c) lever le rideau.

J'ai dû relire l'énoncé plusieurs fois pour le comprendre. Il faut dire que je ne suis pas au mieux de ma forme, que mon traitement m'abrutit un peu et que ça fait trop longtemps que je n'ai pas mis mon cerveau à l'épreuve, que je ne lis pas, que je ne fais pas de mots croisés, que je ne pense pas. Et j'ajoute que si je me suis inscrite à l'atelier d'écriture créative, c'est uniquement parce que c'est ce qu'on attendait de moi. Mais cet énoncé n'est pas non plus très inspiré, je pense. On dirait un simple exercice d'orientation vers le *quand* et le *par où* commencer ; si j'ai bien compris, et vu qu'il faut bien commencer quelque part et à un moment donné.

Alors on y va. Sans plus attendre.

Mon décor serait une chambre bien rangée et bien propre. Il y aurait aux murs des posters, des cartes postales, des photos, des dessins et d'autres signes d'identité propres à un tempérament jeune, romantique, féminin. Il n'y aurait qu'une étagère d'un mur à l'autre, un peu incurvée par le poids des livres. Au plafond pendrait un ventilateur à pales en bois avec une petite lampe tulipe, ébréchée depuis longtemps. Une armoire à glace, un portemanteau, un tapis, un petit bureau où l'une des protagonistes serait en train de bûcher. La vingtaine. Ni grosse ni mince. Des lunettes. À sa gauche, une fenêtre étroite, ouverte, qui donnerait sur une cour intérieure. On entendrait le roucoulement des pigeons et la télé des voisins. À droite, le lit. Sur le lit, quelques peluches râpées. Tout à coup, sans qu'on ait entendu d'ordre ou une quelconque indication nette, l'une d'elles (en forme de cabot bâtard, taille moyenne, poil raide et plaqué, brun) ouvrirait mécaniquement les yeux, se dresserait avec précaution, descendrait du lit et se loverait de nouveau sur le tapis. Pendant ce temps la fille continuerait à étudier sans même lever les yeux de sa feuille de papier, concentrée sur ses notes et ses livres. Quelques minutes plus tard on entendrait une clé tourner dans la serrure de l'entrée, puis le grincement d'un caddie dans le couloir.

Rien d'inhabituel. Jusqu'ici, une scène du quotidien, qui serait la même depuis dix ans environ ; c'est de cela qu'il était question, si je n'ai pas mal compris.

Pourtant, ce jour-là…

1

Ce jour-là (9 juin 2013, samedi), le caddie ne s'arrêta pas à la hauteur de la cuisine mais continua à avancer en grinçant dans le couloir, jusqu'à ce que quelqu'un ouvre la porte de ma chambre, sans avoir frappé.

« Qu'est-ce qu'il y a ? demandai-je à ma mère, en voyant son air effrayé.

— Elle est revenue.

— Qui ça ? »

Ma mère regarda d'un côté et de l'autre, comme s'il y avait des micros dans les environs.

« Yési, dit-elle en baissant la voix. Yésica Lugano. La fille aînée d'Isabel. Tu te souviens de Yési, non ? »

Brusquement ma gorge se serra, et mon cœur commença à pomper si fort que j'eus peur pour mes tympans… Si je me souvenais de Yési Lugano ? Comment pourrais-je ne pas me souvenir d'elle, telle aurait été la question adéquate, mais tout aussi terrifiante…

«Je viens de l'apprendre au marché. Il paraît qu'hier soir quelqu'un a sonné à l'interphone des Lugano et c'était elle. Comme ça, sans plus. Tu peux le croire ? C'est comme un miracle ! »

Un miracle pour ma mère. Pour moi, un de ces immenses trous noirs qui engloutissent tout ce qui s'approche de leur champ de gravitation. Je m'accrochai des deux mains à mon bureau. Tête basse, Chimo agitait la queue dans l'espoir que ma mère, qui jetait des petits regards nerveux autour d'elle en se mordant les lèvres, ne remarquerait pas son empreinte sur le couvre-lit. Son inquiétude le trahissait.

«À première vue elle va bien, physiquement du moins, mais... – ma mère semblait elle aussi ébranlée par la nouvelle, une main agrippée à la poignée de la porte et l'autre au caddie, d'où dépassait une branche de céleri –, mais rends-toi compte, Dési, ça fait déjà je ne sais combien d'heures qu'elle est revenue et ils ne savent rien, elle n'a encore rien raconté à ses parents, ni à la police, ni aux docteurs qui ont dû venir à l'aube pour l'examiner... Apparemment, elle pourrait être tellement traumatisée qu'ils ont conseillé à Isa et à Piero de ne pas lui mettre la pression, elle parlera quand elle se sentira plus en sécurité, il faut qu'ils essaient de rester calmes et de se conduire avec naturel... Comme s'il était facile – elle haletait, entre stupeur et angoisse – de rester calme avec tous ces gens qui entrent et qui sortent ! Et se conduire avec naturel, oui, bien sûr, mais quand on a plus de cinq ans et qu'on n'est pas passé par une école d'art dramatique, tu me diras comment on fait... »

Mais moi je n'allais rien dire, je restais muette, souffle coupé ; comme chaque fois que je tombais sur une photo de Yési à un coin de rue, sur un réverbère, un feu rouge, une vitrine ; comme chaque fois que son souvenir me poursuivait dans le quartier et que je rentrais à la maison le cœur au bord des lèvres ; comme chaque fois que, la nuit, au lit avec le chien, je pensais à elle.

« Pauvre Isa, quelle horreur... Je veux dire, c'est un miracle, mais... je ne sais pas, je ne sais pas comment elle va pouvoir de nouveau supporter une pression pareille... Tu crois que je devrais l'appeler ?... ou alors tu penses que ce n'est pas le meilleur moment... Dis quelque chose, au nom du Ciel ! »

2

Naître la même année, sous le même signe du zodiaque, habiter dans le même quartier, aller à la même école, fréquenter le même parc, les mêmes places, les mêmes commerces ne sont pas des raisons de nouer une étroite amitié. Tout juste une amitié circonscrite à un espace et un temps, inéluctable, comme une sorte de tare génétique. Mais pas une véritable amitié.

Yesica et moi n'avons jamais été vraiment amies, nous n'avons jamais été intimes et nous ne nous sommes jamais fait de confidences. Pas même durant les années de maternelle ou de collège que nous avons partagées – jusqu'à ce que son père décide de l'inscrire dans une prestigieuse école italienne –, et malgré tous les efforts de nos mères pour cela ; ou peut-être, en bonne partie, à cause d'eux.

Parce que tout ce que je savais de Yési – et à l'époque je croyais que je savais pratiquement tout d'elle –, c'était par ma mère que je le savais.

Ma mère tenait (tient toujours) une boutique dans le quartier Sant Antoni dont la mère de Yési, Isabel, était (n'est plus) cliente régulière. Dans la partie gauche de l'Eixample on se souvient encore de la fête d'inauguration, à Noël 1995. J'avais trois ans. Mes seuls souvenirs : une pétarade interminable et quelqu'un qui s'exclamait que ma mère avait *jeté l'argent par les fenêtres* ; raison pour laquelle il n'y a pas une seule photo, un seul photogramme de vidéo maison où on ne me voie pas la bouche ouverte comme un four, congestionnée et tendue, complètement terrorisée.

Yési, en revanche, a l'air absolument calme dans les bras de sa mère, tout yeux, avec son petit bonnet blanc en coton perlé noué sous son menton à fossette.

On venait de nous scolariser.

Ma mère avait toujours voulu ouvrir une boutique de travaux de couture, où proposer des conseils pratiques et peut-être organiser des cours et des ateliers, une boutique qui serve de centre de réunion aux femmes du quartier. Mais elle avait laissé l'idée en suspens pendant des années ; celles qu'elle avait mises à encaisser et assumer le fait qu'elle ne pouvait pas avoir d'enfants, et jusqu'à mon adoption.

Mon père avait profité de l'essor de sa profession (le graphisme), pendant les heureuses années quatre-vingt-dix, pour s'associer et monter un studio de pointe, et il avait loué pour ma mère un petit local à deux rues de chez nous. À l'époque, ils pouvaient se le permettre. Les banques et les caisses d'épargne encourageaient à entreprendre avec des slogans infaillibles. *Je le vois. Je le veux. Je l'ai.* Les rêves de futur semblaient à portée de main. Personne ne soupçonnait ce qui se préparait et à quel point tous ces rêves se détérioreraient, depuis les plus modernes et les plus ambitieux jusqu'aux plus humbles commerces de quartier.

Tous, sauf la boutique de ma mère.

Effectivement. Les femmes venaient en foule et passaient tant de temps à la boutique qu'elles finirent par traîner derrière elles les grands-mères et les plus petits. Poussettes, trotteurs, cannes, parapluies, trottinettes, sacs à dos, caddies s'entassaient dans l'entrée, preuves du succès, et mon père protestait quand il devait me laisser au milieu de ce chaos avant de retourner à son travail, parce que ma mère n'avait pas eu le temps d'aller me chercher. *Mais enfin, c'est quoi, ce truc...* se demandait-il à voix haute, sur un ton moqueur, *un commerce, ou un marché aux puces*?

Personne ne se souciait trop de ce qu'il disait. Et de toute façon il devait cesser de se poser la question (à voix haute du moins) un an après l'inauguration, quand ma mère loua le local d'à côté pour agrandir ce qui était déjà, de toute évidence, une affaire prospère. Elle remplaça le modeste écriteau où elle était annoncée comme *Mercerie* par de grands caractères en méthacrylate qui s'éclairaient de l'intérieur, dessinés dans le studio de mon père. *RIBÓ & CARALPS.* Comme s'il s'agissait d'une fille, elle donna mon nom complet à la boutique ; et en passant elle faisait un clin d'œil à Ribes & Casals, emblématique établissement de vente de tissus en gros et au détail, de l'autre côté de l'Eixample. Elle ne faisait jamais rien pour rien.

Elle engagea aussi du personnel pour satisfaire une clientèle de plus en plus nombreuse, et proposer un service de restauration efficace et simple – bouillon maison, café, thé et assortiment de petits gâteaux salés et sucrés –, plus un Valencien à cheveux postiches, M. Ramón, qui nous prenait à la porte de l'école avec son minibus scolaire à quatorze places et nous déposait un quart d'heure plus tard à la boutique.

Ribó & Caralps, centre de réunion, d'information, de production et d'échange. L'axe autour duquel tout tourna de façon ordonnée et rentable pendant des années.

Crochet, broderie, point de croix, patchwork, tricot, petit point...

Dans la boutique de ma mère on faisait des travaux en tout genre et à la pièce. Une quantité tout à fait considérable d'ouvrages délicats et soignés auxquels personne ne prêtait trop attention et qui finissaient au rebut ou offerts à des associations de bienfaisance. Moi ça me mettait en rogne. Je ne pouvais pas comprendre que tant de rapidité et de perfection n'aient pas la moindre importance et n'étonnent personne. Je me demandais alors quel était le sens, l'objet de cette productivité frénétique; à part se réunir et bavarder comme des pies, bien sûr.

Parce que dans la boutique de ma mère on bavardait comme des pies. On parlait de tout ce qui se passait dans le monde, endroit très lointain et menaçant pour nous, les enfants. Le scandale Lewinsky. La fin du millénaire. Le génome humain. Le changement climatique. Windows 2000. Moins nous comprenions les manchettes des journaux et plus elles nous semblaient excitantes et dangereuses.

On parlait aussi de ce qui se passait chez nous, dans chacun de nos mondes ; ni moins excitants ni moins dangereux, pour être moins éloignés. C'est de cette façon que j'ai été au courant de nombre des intrigues et inimitiés qui circulaient sous le manteau dans le quartier.

Que Mme Vallès, capable de tricoter des amours de petits chaussons en moins de deux heures, était en guerre froide avec sa belle-mère… Que Mme García s'était injecté je ne sais quoi dans les lèvres… Que les cinq enfants des Reguant faisaient pipi au lit parce qu'ils avaient peur de leur père… Que Piero, le père de Yési, harcelait sa femme pour qu'elle fasse un fils. Que le *mien* encaissait avec indifférence le succès professionnel de la sienne…

Il est difficile de déceler, au commencement quelque peu apocalyptique du troisième millénaire, le moment précis à partir duquel certains mots furent remplacés par d'autres et quels thèmes furent alors délaissés, une fois *déchargée* la fourgonnette de M. Ramón à la porte de la boutique. Comment cela a-t-il pu arriver, comme ça, du jour au lendemain ? Je ne sais pas. Je suppose qu'on avait remarqué, à leur air, ceux qui commençaient à comprendre de quoi exactement parlaient ces dames. Peut-être un regard trop attentif, trop perspicace. Peut-être une question trop insidieuse. Le fait est que dès qu'elles prirent conscience que *nous étions* là, plus rien ne fut pareil.

Il fallait trouver d'autres façons de se distraire. Nous, les plus grands, nous commençâmes à sortir dans la rue, les poches pleines de biscuits secs, pour nourrir un chien qui rôdait dans le quartier (bâtard, taille moyenne, poil raide et plaqué, marron), et qui ne quitterait plus la porte de la boutique. Il y avait sur les carreaux des autocollants du *Non à la guerre*. À l'intérieur, on parlait encore avec ardeur des Tours jumelles et du désastre du *Prestige*. L'euro était désormais en vigueur et certaines clientes voyaient avec nostalgie le retour aux centimes, mais la plupart s'embrouillaient encore avec la monnaie, et nous ça nous amusait beaucoup.

C'était l'époque où Yési et moi fûmes le plus proches – à cause des soins à Chimo et de la campagne organisée pour son adoption –, et pourtant celle où je la détestai le plus. L'époque où on me fit porter des lunettes et où elle commença à se profiler comme la perfection faite fille. Notes brillantes, oreille musicale, inquiétudes intellectuelles, qualités sportives. Et, pour le cas où ces talents et ces vertus n'auraient pas suffi, son visage s'affina et la fossette de son menton commença à briller de sa propre lumière. Ce petit creux qui jusque-là l'avait fait paraître potelée se transforma, d'après ses parents, en *la marque des anges*, car tout à coup il lui allait à ravir et il n'était hérité d'aucun des deux.

Yési Lugano promettait beaucoup. Du moins est-ce ainsi que le comprit ma mère, qui à partir de ce moment-là devait commencer à me l'imposer comme modèle à suivre, systématiquement, délibérément, et ne manquerait aucune occasion de le faire jusqu'à ce fatidique 5 juin 2008, où soudain tout tourna mal.

3

Yési aide sa mère aux tâches ménagères. Yési s'occupe de ses petites sœurs. Yési n'a que des B et des TB. Elle a lu *Da Vinci code*. Yési a encore remporté les Jeux floraux de son lycée. Yési est la protagoniste de la pièce de fin d'année. Yési joue merveilleusement du violoncelle. Yési est médaille d'argent aux championnats de natation. Yési a été retenue dans un casting pour une publicité de lait riche en calcium et elle va donner tout l'argent à sa mère…

En réalité, il n'y avait guère de raisons de croire que commencer le secondaire dans des établissements séparés supposerait un répit pour moi, une trêve qui me permettrait de reprendre des forces et, peut-être, un peu du terrain envahi. Si je me fis quelques illusions à ce sujet, elles ne durèrent même pas un trimestre ; le temps que mit Yési à s'adapter à son lycée et à consolider son rang dans le *top ten* de sa classe. Son excellence et ses réussites furent un mantra tout au long de ma préadolescence. Et tout cela grâce à ma mère, qui à l'époque était devenue très intime avec la sienne.

Isa se traînait jusqu'à la boutique, poussant un landau et de nouveau enceinte, en quête de la consolation et du soutien dont elle avait besoin à ces moments-là. Ce dont elle *n'avait pas besoin*, c'était d'avoir d'autres enfants, devait-elle dire à ma mère, en confidence. *Sa* Yési lui suffisait, et de plus elle voulait un jour reprendre ses études de nutrition et de diététique. Mais elle avait cédé pour faire plaisir à Piero, dont elle qualifiait l'insistance de *taraudante* ; surtout après sa promotion dans l'entreprise de vente et d'entretien d'appareils électroménagers où il travaillait, qui le libérait de tant de déplacements et lui permettait de passer plus de temps à la maison.

Et ils eurent deux autres filles, l'une derrière l'autre ; les deux un peu avant le chèque bébé, et aucune avec une fossette au menton. Ma mère ne soulignait ce genre de détails que lorsqu'elle était trahie par son subconscient, par l'envie qu'elle éprouvait pour cette fertilité qui lui avait été refusée à elle. Pour le reste, tout n'était que solidarité, encouragements et éloges, quand nous les voyions toutes les quatre dans le quartier ou à la boutique.

À moi aussi Yési me faisait un peu envie, mais je serrais les dents et me contentais de la saluer d'un coup de menton, sans montrer (au grand jamais) d'intérêt pour rien de ce qu'elle pouvait faire ou dire. Chaque fois que Yési voulait me communiquer quelque chose, je le savais déjà, parce que ma mère me l'avait dit.

Savais-je qu'elle avait été choisie pour une publicité *de*? Je le savais. Savais-je qu'elle participait aux championnats *de*? Je le savais. Savais-je *que*? Je le savais.

Je savais tout, et elle n'avait rien à dire.

Voilà comment je me défendais, voilà comment je la punissais. Injuste ? Nul ne le sait mieux que moi, parce que si ce n'était pas sa faute si Yési Lugano était aussi parfaite, ce n'était pas la mienne non plus. Le moment était venu de mettre à l'épreuve le très fameux instinct d'adaptation et, ce qui était le plus difficile, de s'y fier. Et le mien me recommandait de feindre une indifférence obstinée.

Et donc, chaque fois que nous les rencontrions par hasard dans la rue, pendant que nos mères s'attrapaient par le bras et allaient bien serrées, tête contre tête en se marchant sur les pieds et en parlant, Yési et moi nous nous ignorions, discrètement et bien poliment; aussi poliment que seules savent le faire les ennemies intimes.

De toute façon, elle n'avait pas l'air d'en éprouver de l'amertume. Une fille aussi appliquée, mignonne et populaire trouve toujours quelqu'un pour lui chanter ses louanges. Je n'avais pas l'intention de le faire, pas plus que de me laisser surprendre en proie à l'éblouissement ou à l'envie. Jamais (pensais-je) je ne renoncerais à cet avantage, petit mais crucial, que ma mère me donnait avec son insistance *taraudante*. Elle ne m'avait pas laissé le choix.

Le temps passa. Depuis l'entrée en vigueur de la loi antitabac, quelques clientes sortaient fumer à la porte de la boutique, qui malgré tout semblait plus bondée que jamais. Dehors et dedans on parlait de l'affaire Gürtel et de la disparition de Madeleine. De la prime de cinquante millions de dollars pour qui capturerait Ben Laden mort ou vif; plus d'une se montrait prête à essayer, quelques plans curieux furent ourdis.

Surtout, on parlait de la crise. De la *bulle* qui avait apparemment éclaté au-dessus de nos têtes sans que nous ne nous en rendions compte, à mon grand désarroi, et qui menaçait de mettre fin à dix ans de prospérité. Non moins déconcertantes étaient pour moi les expressions qui, depuis les hautes sphères et à travers les médias, étaient martelées à la place du mot maudit. *Mauvaise passe, croissance négative, stagnation, récession*. Trois ans à peine après avoir célébré en grande pompe le dixième anniversaire de la boutique, nous entrâmes en plein dans une *décélération économique transitoire*. Selon la clientèle, autre euphémisme pour ce que les radars détectaient déjà, une *sorte de crise* au coin de la rue.

Les euphémismes fonctionnèrent jusqu'au moment où ils ne fonctionnèrent plus, et à l'époque on ne parlait pas d'autre chose. On ne plaisantait plus avec le sort des autres et on n'entendait plus autant de cancans codés. On ne faisait plus de projets à long terme. Quand je revenais du lycée je devais me frayer un passage au milieu d'une horde de fumeuses agglutinées à la porte. À l'intérieur, l'atmosphère semblait être la même que d'habitude, mais c'était une fausse impression. Seuls les enfants riaient. Il ne manquait rien au goûter, mais il n'y avait rien de trop non plus, et dans l'arrière-boutique les bouteilles de cava réservées aux grandes occasions commençaient à accumuler la poussière ; la dernière dont je me souvienne fut débouchée pour Carme Chacón, le jour où elle prit possession de son poste de ministre de la Défense puis passa les troupes en revue, enceinte de sept mois.

Je ne peux pas dire qu'avec mes quinze ans écervelés j'étais vraiment consciente de ce que signifiait la une des journaux de ce 14 avril 2008*, la photo qui fit le tour du monde et marqua un tournant dans la boutique, mais au moins j'étais là. Étourdie, désorientée, me bourrant de gâteaux secs, soupirant après un téléphone portable pour faire mon entrée dans le monde virtuel par la grande porte. Mais j'étais là, alors que Yési était à son cours de langage musical au conservatoire puis à la répétition générale de la pièce de fin d'année.

Individuellement, chacun des mondes gérait *sa* crise comme il pouvait. Les enfants des Reguant avaient déjà quitté la maison, certains avant même d'être majeurs. Les retouches que Mme García continuait à se faire au visage commençaient à faire peur aux enfants, et personne n'osait le lui dire. La pauvre Mme Vallès, qui avait enterré sa belle-mère, se battait maintenant contre un fantôme. C'était toujours une virtuose du crochet, mais ses chaussons commençaient à me sembler ringards et on ne peut plus *kitsch*.

Yési grandissait elle aussi. Mais elle multipliait les activités extrascolaires (et excellait en toutes) et collaborait à l'économie domestique en s'occupant de

* La une de ce jour-là montrait Carme Chacón, enceinte, en train de passer les troupes en revue. Cette photo eut un très fort impact dans l'Espagne de l'époque. (*Toutes les notes sont du traducteur.*)

ses petites sœurs, Lisetta et Anna, et même en posant comme modèle adolescente pour une agence de casting. Trop occupée pour flemmarder dans la boutique, comme d'*autres filles*, sans autre préoccupation que rafler tous les gâteaux salés et dresser l'oreille.

Mais si d'aventure elle y passait, un après-midi, avec son uniforme italien, ses yeux mélancoliques, un peu globuleux, sa délicate fossette au menton, avec parfois son violoncelle, ou les cheveux mouillés parce qu'elle revenait de la piscine… je donnais mon habituel coup de menton en guise de salut, en fermant à demi les yeux parce qu'on m'avait mis des lentilles et que je n'y étais pas encore habituée.

Tu sais quoi ? disait-elle.

Je sais, disais-je.

Et c'est ainsi que nous nous retrouvâmes à la fin de l'année scolaire 2007-2008, la dernière avant le bac. Un autre monde, dans lequel on n'était rien sans portable ni profil sur Facebook, et pour lequel nous étions toutes les deux archipréparées. Sur le point de fêter nos seize ans sous le signe des Gémeaux, et notre horoscope pronostiquait un été initiatique, d'après la revue *Súper Pop*.

Je ne sais pas ce que fit Yési, mais moi je cherchai le mot sur Google.

Initiatique. 1. *Adj.* Qui appartient ou est relatif à une expérience décisive ou à l'initiation dans un rite, un culte, une société secrète, etc.

Ce n'était pas très clair pour moi, mais ça sonnait bien. En tout cas, ça n'avait rien à voir avec ce qui nous attendait en réalité et qui emporterait tout, et en particulier le bac.

4

Cela arriva la nuit du premier vendredi de juin, passé minuit. Après avoir esquivé ma mère pendant deux heures – d'abord ses prières, puis ses menaces – au point de la mettre de mauvaise humeur, je sortis promener le chien. Je ne savais pas pourquoi je me conduisais comme ça, puisque de toute façon je finirais par obéir, mais je ne pouvais m'en empêcher.

Je sortis dans la rue en pantoufles et avec Amy Winehouse à plein tube dans mon casque. *They tried to make me go to rehab but I said « no, no, no ».* Chimo lisait le journal (comme disait mon père) en reniflant à son rythme les réverbères et les creux des arbres, et je le laissais se mettre au courant, toute concentrée sur les paroles d'une chanson que j'avais pris la peine de traduire et de mémoriser. *Yes, I've been black but when I come back you'll know, know, know.*

J'entendis un coup de frein. Deux hommes en costume jaillirent d'une voiture arrêtée en double file un peu plus haut. Ils vinrent vers moi d'un pas décidé, en évitant les voitures garées, jusqu'à ce que, à quelques mètres de moi à peine, l'un des deux arrête l'autre en lui mettant la main sur la poitrine. Il lui parla. Il me sembla lire sur ses lèvres quelque chose comme *Non, pas celle-là, elle a un chien…* Puis ils revinrent sur leurs pas en courant, montèrent dans leur voiture et partirent en dérapant vers le bas de la rue, et en brûlant un feu rouge.

Cela dura en tout à peine cinq, sept, dix secondes. Cela arriva si vite que je n'eus même pas le temps d'avoir peur. La voix déchirée d'Amy continuait à retentir dans ma tête. *I ain't got the time, and if my daddy thinks I'm fine, he's tried to make me go to rehab, but I won't go, go, go.* Chimo et moi nous nous regardâmes, déconcertés, puis nous rentrâmes à la maison et allâmes au lit avec l'impression que quelque chose (de pas beau) avait failli arriver mais, heureusement, n'était pas arrivé.

Je ne l'appris qu'à midi le lendemain, le samedi, quand la nouvelle qui se répandait comme une traînée de poudre dans tout le quartier m'atteignit dans la file d'attente *à l'ast**, et m'explosa en pleine figure.

Yési Lugano avait disparu. Yési devait rentrer à minuit d'un concert, mais elle n'était pas rentrée.

* À la broche.

Yési n'est pas rentrée chez elle cette nuit-là, ni à l'aube, ni le lendemain, comme avaient dit qu'elle le ferait les *mossos d'esquadra**, ni le jour suivant.

L'amie avec qui Yési était allée au concert l'avait quittée à deux rues de chez elle, à quatre cents mètres de sa porte (à six cents de la mienne), un peu après minuit. Elles rentraient d'un concert d'El Canto del Loco au Palau Sant Jordi. Yési avait gagné deux places à un concours radiophonique. La pauvre Laia (elle s'appelait Laia, ses parents tenaient la charcuterie) allait devoir le raconter un nombre incalculable de fois, commotionnée et en pleurs, tout au long des quarante-huit heures frénétiques qui suivirent la disparition de Yési ; à Isa, lors de son premier appel inquiet en voyant que sa fille était en retard, à toute la famille, à la police, à la presse.

Les bulletins d'information du lundi ouvrirent avec la nouvelle accompagnée d'images du quartier et de la porte des Lugano. Il y avait beaucoup de mouvement. Reporters à la chasse aux voisins avec qui comparer les données. Policiers sollicitant des informations. Badauds et curieux malsains qui gênaient. Un porte-parole de la Garde civile annonçant devant les caméras : toutes les pistes de l'enquête sont ouvertes et aucune hypothèse

* Force de police autonome de la Catalogne.

n'est écartée. Le poivrot officiel du quartier se glissant au premier plan avec sa démarche de profil, à l'égyptienne, et discrètement tiré de là par une âme charitable. Les enfants se moquant de lui. La charcuterie fermée, les charcutiers consternés. Non, ils n'avaient rien vu de suspect dans les environs, quand ils avaient laissé Yési à deux rues de chez ses parents. Et ils n'avaient rien remarqué de bizarre chez elle, elle était aussi *charmante et sérieuse* que d'habitude. Et pour finir Laia, le visage pixélisé, donnant pour la énième fois sa version, plus aussi commotionnée ni en pleurs, d'après ma mère, qui ce jour-là n'ouvrit pas non plus sa boutique.

Plusieurs programmes de télévision se firent l'écho de l'affaire et, jour après jour, apparaissait dans les médias un de nos voisins qui affirmait avoir entendu un coup de frein *terrifiant* au milieu de la nuit. Ou avoir vu une voiture *sombre* griller le feu rouge à toute allure. Même une voisine de notre propre escalier (celle du troisième droite, à cette heure-là elle arrosait ses plantes) qui avait cru voir deux types en costume *métallisé*, l'air d'hommes *d'affaires*, peut-être des *gardes du corps*.

Mais aucun ne dit nous avoir vus, Chimo et moi, sidérés au milieu de la rue. À part les gardes du corps – aux intentions desquels j'avais échappé grâce au chien, ou à la musique, ou aux deux à la fois, ou à aucun des deux –, personne n'avait remarqué notre présence.

Et moi je ne dirais rien du tout. À quoi bon ? J'étais morte de peur, et je n'avais aucun détail nouveau à apporter, sauf que cela aurait pu être moi, que cela aurait pu être ma bobine et mes données personnelles qui figuraient sur les affiches dont on avait tapissé tout le quartier.

Yési ou Dési.

Mais c'était Yési qui était sur chaque feu rouge, sur les vitrines des boutiques, sur les écrans de télé et dans les journaux, dans les aéroports et les commissariats, sur les réseaux sociaux. Yési sur une photo de carte d'identité scolaire, sous les mots AVIS DE RECHERCHE en lettres rouges.

C'était Yesica Lugano, 15 ans, 49 kg, 1,60 m, cheveux châtains et yeux gris, fossette au menton, qu'on avait vue pour la dernière fois à minuit le vendredi 5 juin, au croisement des rues Viladomat et Parlament, vêtue d'un jean déchiré, de couleur claire, et d'un T-shirt rose à manches trois-quarts avec la langue des Rolling Stones entourée de paillettes.

5

Une semaine plus tard, le jour de l'anniversaire de Yési, Interpol apposa sa photo sur le portail des personnes disparues et activa le code jaune de la recherche internationale. Ce jour-là, entre voisins, nous nous rassemblâmes devant sa porte pour entourer la famille dans ces moments si amers et si difficiles. Il régnait un silence pesant qui ne se rompit que lorsque Isa se pencha à la fenêtre pour nous remercier de l'intention et qu'on entendit quelques applaudissements et cris de soutien.

Mes seize ans furent fêtés en sourdine huit jours plus tard, toujours sans aucun signe de Yési. C'était un dimanche. Mon père était allé chercher mes grands-parents au village, pendant que ma mère préparait une paella et que je me retranchais dans ma chambre, malade de peur, décomposée et sans envie de rien.

On m'offrit un carnet pour journal intime, deux romans, une trousse à maquillage, beaucoup de vêtements (j'avais minci) et le portable si convoité, que je mettrais pourtant six mois à activer.

À la mi-juin, il fut décidé d'annuler la fête de la Saint-Jean dans tout le quartier. Tant dans le lycée italien où Yési faisait ses études que dans le mien, il y eut un soutien psychologique et pédagogique pour tous les élèves qui, comme moi, dépassés par les événements et affectés par la psychose collective, ne s'étaient même pas présentés aux examens de juin.

Ce fut un été épouvantable.

Sous les feux de la presse à scandale, le quartier ne tarda pas à succomber au sensationnalisme. On dévoila les affaires privées des Lugano, le caractère irritable et autoritaire de Piero, le passé hippie d'Isa, leurs désaccords et leurs soucis économiques. Chaque jour on ajoutait un nouveau chapitre à ce qui devint bientôt le feuilleton de l'été, la chronique de l'usure d'un couple menacé de ruine, tandis que sa fille aînée *disparue* se dressait au milieu des décombres, couverte d'éloges par amis et professeurs.

On publia les notes de Yési, toutes bonnes ou excellentes. Des fragments de ses examens et de ses rédactions sans ratures, de ses récits primés aux Jeux floraux, de ses poèmes et de ses réflexions bilingues écrites à l'encre multicolore dans les marges de ses carnets. Des extraits de son agenda serré : cours, entraînements, concerts, castings. Multiples talents potentiels. Peu de distractions. Pas de petit ami. Rien que nous ne sachions déjà, nous qui la connaissions ; personne n'envisageait la possibilité d'une fugue.

Mais les gros titres remettaient tout en question. Était-ce une vie pour une adolescente ? Yesica Lugano était-elle une enfant exemplaire, ou une esclave des attentes parentales et académiques ? L'espoir de sa famille et la préférée de ses professeurs, ou leur victime ? On débattit amplement des responsabilités des uns et des autres, du stress infantile et même de *la marque des anges* ; si le menton fendu est un trait dominant qui s'hérite des parents, pourquoi ni son père ni sa mère ne l'avaient-ils ?...

Les Lugano ne réagirent jamais contre les racontars. Au contraire, face à leur nature maligne et invasive, ils se blindèrent pour protéger leurs deux petites filles ; Lisetta n'avait pas encore trois ans, Anna huit mois seulement.

On disait que Piero se méfiait de tout le monde, tandis qu'Isa n'acceptait d'autre compagnie que celle de voyants et de devins. On disait qu'ils ne se parlaient plus et qu'ils vivaient tous les deux près du téléphone, accrochés à la possibilité d'un enlèvement et à l'espoir que, tôt ou tard, quelqu'un entrerait en contact avec eux pour demander une rançon pour Yési.

Souterrainement avaient commencé à circuler des rumeurs qui la disaient dans un harem, une secte, enceinte, violée, morte. Spéculations morbides ou sinistres auxquelles ma mère s'employait à fond à couper court, avec une irritabilité insoupçonnée jusque-là. On a déjà assez de tourment avec l'incertitude, disait-elle. Il fallait tenir à distance la curiosité, ne disons pas la fantaisie, et l'intérêt malsain était absolument inadmissible. Il fallait le trancher net dès qu'il passait le seuil de la boutique.

Pour Isa, que nous avions vue pour la dernière fois penchée à sa fenêtre le jour de notre rassemblement. Et surtout pour moi, qui, à peine mettais-je un pied dans la rue, rentrais aussitôt au nid, le cœur battant et hors d'haleine, piégée par l'épuisante absence de Yési, mortifiée par son image reproduite et amplifiée dans tous les recoins du quartier.

Mais même à la maison je n'étais pas tout à fait à l'abri de son influence. Si nous allumions la radio, on y diffusait l'enregistrement du concours littéraire où Yésica Lugano (avec un *Y* et un seul *s*), de Barcelone, élève de première, qui la semaine d'après aurait seize ans (et demandait *seulement* un portable), devait trouver le nom de l'auteur et du roman dont on lisait un bref paragraphe.

Qui es-tu? commençait à déclamer l'animateur, la voix bien posée. *Je suis l'homme qui devait se marier avec la fille que tu n'aurais pas choisie, qui devait prendre l'autre chemin au « bivio », boire l'eau de l'autre puits. En ne choisissant pas, tu m'as empêché de choisir.* Et alors je me bouchais les oreilles et je fredonnais, en me balançant en avant et en arrière comme une perturbée.

Si nous mettions la télé pour voir les Jeux de Pékin, on repassait la publicité pour le lait riche en calcium; la marque la plus vendue du pays et, par une de ces ironies du hasard, sponsor d'une de nos équipes olympiques. Et nous restions tous les trois muets, angoissés, en regardant une Yési préadolescente avec des nattes, une robe chasuble à carreaux et des chaussettes jusqu'aux genoux, se pourléchant des babines blanches de lait. *Mmmh, que c'est bon… Merci, maman !…* Alors ma mère s'obstinait à me prendre dans ses bras, en gémissant comme si elle avait mal quelque part, et mon père allait sur le balcon, d'où il nous regardait en fumant, l'air sombre et préoccupé.

Il avait d'autres raisons d'être préoccupé ; le studio de design était en panne, alors que le pire de la crise était encore à venir, et les relations avec ses associés étaient si détériorées qu'elles ne se régleraient que devant les tribunaux. Mais à ce moment-là il nous le cachait encore, comme je cachais que ma concentration était complètement par terre et que je mettrais fin à mon été *initiatique* en étant recalée à presque toutes les épreuves et en devant redoubler mon année.

6

L'automne passa, et ce fut le premier Noël sans Yési. Six mois après sa disparition l'enquête n'avait donné aucun résultat. Aucune piste, aucun suspect, aucun indice de l'endroit où elle se trouvait. Aucun appel chez les Lugano, qui étaient restés seuls avec leur drame, tandis que dans le quartier la vie suivait son cours, chacun luttant pour s'organiser et s'en sortir.

Malgré les lugubres présages de la crise, le voisinage se préparait à affronter les fêtes de Noël ; et les travaux de rénovation intégrale du marché Sant Antoni, qui allaient eux aussi commencer, et pour lesquels il fallait également se préparer et s'organiser. Avec une durée prévue de quatre ans, ils impliquaient le déplacement des étals sous des chapiteaux provisoires, des déviations de la circulation et des lignes d'autobus perturbées. Tant dans les associations de commerçants que dans celles de voisins régnait l'inquiétude, et ma mère, comme membre actif et important des deux, était fort occupée à organiser des réunions et des assemblées en dehors des heures de travail, parfois jusque tard dans la nuit.

Mon père était très occupé lui aussi, par la préparation de sa propre bataille, dont il continuait à de pas donner beaucoup de détails en ma présence, et dont je ne saurais pratiquement rien avant le printemps, quand elle serait résolue par voie de justice.

Et c'est ainsi qu'ils décidèrent de m'envoyer passer les fêtes chez mes grands-parents maternels, dans un village de la comarque de Montsià, près de Vinaroz.

Nous partîmes à la première heure le matin d'un lundi déprimant. Chimo dans le coffre de la voiture, moi allongée à l'arrière et mon père au volant, concentré sur la route parce qu'il tombait une neige fondue et qu'il faisait sombre. Après cent quatre-vingts interminables kilomètres d'autoroute à vitesse réduite, avec les essuie-glaces en marche continue et la rengaine des enfants de San Ildefonso à la radio, nous arrivâmes au village dans une humeur lugubre.

C'était presque l'heure du déjeuner, les rues étaient désertes et glissantes. Il soufflait un vent glacial et la maison avait l'air fermée à double tour. La vigne vierge qui couvrait la façade, verte en été, était maintenant d'un rouge sombre, sanguinolent. À la porte pendait une décourageante couronne de branches de sapin et de pommes de pin noirâtres. Au balcon était accroché par le cou un Père Noël. Tout me semblait sinistre et horripilant.

Pour comble, Chimo se fit mal aux côtes en sautant du coffre avec trop d'enthousiasme, et mon père se mit en rogne contre moi. *Elle ne voit rien, même ce qu'elle a devant elle, elle ne voit rien, n'entend rien, avec ce foutu casque toute la journée sur les oreilles… Et bien sûr elle n'a pas dit un mot depuis qu'elle est montée dans la voiture, c'est hallucinant…* Il disait ça à mes grands-parents, qui étaient sortis pour nous accueillir et intervenir en ma faveur.

Laisse-la, c'est l'âge, ma grand-mère. *Il faut être un peu patient*, mon grand-père. *Ouais, ouais*, mon père, irrité, se contenant. Ils parlaient tous trois de moi comme si je n'étais pas là, en émettant de la buée par la bouche.

Mais une fois à l'intérieur les choses s'améliorèrent rapidement. Le feu était allumé, la table mise. Ma grand-mère avait fait des cannellonis, plat dont nous raffolions mon père et moi et sur lequel nous nous jetâmes tous les deux comme des bêtes sauvages. Une heure après, il entreprenait le voyage de retour, un peu plus détendu, et moi je me pelotonnais sur le canapé, l'estomac plein, étourdie par la chaleur de la cheminée et la télé à plein volume… *Où ont-ils dit que le gros lot était sorti ?* entendais-je demander ma grand-mère, qui était un peu dure d'oreille. *Dans huit provinces*, répondait mon grand-père, plus ou moins comme tous les ans. *À Vinaroz, même pas le lot de consolation…*

Une tempête de vent froid, avec des rafales jusqu'à quatre-vingt-dix kilomètres à l'heure, nous maintint en alerte orange presque jusqu'à la fin de l'année. Même Chimo qui n'avait pas envie de sortir de la maison. Moi, je ne fis que manger et dormir et regarder la télé, collée à la cheminée. Je ne sais comment, j'attrapai une angine. Je passai le dernier jour de 2008 au lit avec un peu de fièvre et mal à la gorge, à compter les heures qui restaient avant la fin de cette année maudite. Je me consolais en pensant que ses dernières minutes seraient au moins cela, les dernières, et j'avais bon espoir que quelque chose s'achèverait pour toujours après le dernier coup de minuit, qu'à cet instant précis quelque chose se détacherait de moi, quelque chose d'obscur et d'amorphe qui s'accrochait à mes épaules, à mes cheveux, aux parois de mon estomac, et qu'une fois débarrassée de ce lest encombrant je serais soudain libérée et propulsée en avant, vers le futur… Bon, eh bien non. Le moment venu, ce fut plus ou moins le contraire. Les pétards me ramenèrent à un Noël treize ans plus tôt, au jour de l'inauguration de la boutique, quand j'avais trois ans et pleurais de désespoir parce que je croyais que ma mère *jetait l'argent par les fenêtres* et que le monde s'écroulait… Bonne année à tous !

Malgré tout, et même si je ne m'en rendais pas compte sur le moment, quelque chose se *détacha* bien de moi et je cessai de pleurer, et une fois de retour à la maison, je verrouillai la porte de ma chambre et me mis à lire de façon compulsive (et avec mes lunettes). Mes parents se fâchèrent très fort quand je jetai mes lentilles dans les toilettes. Et quand j'eus grossi deux fois plus que je n'avais maigri, ils m'emmenèrent chez le psychologue. Ils se séparèrent un peu après.

Bien que depuis le début de 2009 le focus médiatique se soit déplacé sur les bords du Guadalquivir (pour couvrir la disparition de Marta del Castillo, la funeste nuit du 24 janvier, à Séville), le calme mettrait longtemps à revenir dans le quartier. À ce moment-là, sa physionomie avait drastiquement changé.

Les travaux de rénovation du marché se prolongèrent et suscitèrent beaucoup d'inquiétude chez les commerçants. Certains s'installèrent sous les chapiteaux provisoires situés boulevard Sant Antoni. D'autres fermèrent. Des commerces de toujours accrochèrent le panneau À CÉDER et à leur place ouvrirent des franchises et des chaînes multinationales. On vit proliférer les bazars asiatiques, les épiceries pakistanaises, les églises évangéliques, les centres d'appels avec service de messagerie internationale. Le quartier tout entier se transformait pour s'adapter au rythme imposé par la crise, mais son noyau actif était toujours la boutique de ma mère.

Ribó & Caralps, centre de réunion, d'information, de production et d'échanges. M. Ramón était toujours au volant de son minibus scolaire de quatorze places. Les garçons et les filles (et parmi elles celles d'Isa) se moquaient de son postiche plein de pellicules, comme nous l'avions fait jadis nous-mêmes, ils étaient aussi cruels et toujours aussi morts de faim. Le goûter était de nouveau splendide et les gros titres stimulants. Le printemps arabe. WikiLeaks. Fukushima. Guardiola vs. Mourinho. La prime de risque. L'affaire Nóos.

Et pendant ce temps-là Yési Lugano ne reparaissait pas et ne donnait aucun signe de vie, alors que moi-même j'atteignais ma majorité en portant le deuil d'Amy Winehouse (qui s'était noyée dans l'alcool, seule chez elle à Londres) et suais sang et eau pour avoir ce maudit bac, entre grèves et coupes budgétaires. Rien d'autre n'importait, tout m'était égal.

La paralysie des marchés financiers, mes premières élections générales, les marées blanches et les vertes, les Indignés qui investissaient les places. C'étaient des temps *convulsifs*, et ma mère m'encourageait à ne pas rester cachée sous son aile et à sortir les affronter. Elle disait qu'il ne suffisait pas de se pencher au balcon en pyjama et de taper comme une sourde sur une casserole, qu'il fallait *descendre* dans la rue, qu'il fallait se mobiliser et participer aux événements… ; mais c'était elle qui me *mettait dehors*, disons-le, et nous eûmes de grosses engueulades parce que, même avec pour preuves des photos humiliantes, je n'arrivais pas à la convaincre.

Ni en tenant des banderoles en tête des manifestations. Ni en m'égosillant à crier *Non, non, non, ils ne nous représentent pas*, assise en tailleur parmi les

Indignés qui campaient sur la place de Catalogne. Mon visage ne la trompait jamais. Elle savait que j'étais sortie pour ne pas l'entendre, pour ne pas la décevoir, que je ne faisais que passer, sans m'impliquer émotionnellement dans ce qui arrivait autour de moi, sans que m'importe trop ce qui pouvait arriver ; excepté la perte de l'un de mes anges gardiens (Amy) et les petites misères de l'autre (Chimo).

Chimo devenait sourd; bien qu'il continuât à donner chaque jour des preuves de son odorat dans son passage toujours discret de mon lit au tapis, quelques minutes avant que ma mère n'entre dans ma chambre, pendant que je travaillais pour être reçue (d'un cheveu) à l'examen d'entrée à l'université.

Et alors qu'enfin j'étais parvenue à retrouver ma concentration et à commencer des études, à retrouver mon poids, à ôter le verrou de ma porte et même à avoir un petit copain, alors que les choses avaient l'air de vouloir prendre leur envol, veux-je dire, cinq ans avaient passé et Yési Lugano revint du concert.

7

« Mais, Dési… tu n'as pas bougé ? »

J'avais complètement perdu la notion du temps. J'étais toujours vissée à ma chaise, agrippée à ma table, sans souffle même pour desserrer mes lèvres et corriger ma mère ; il y avait longtemps que j'avais décidé de porter mon prénom complet, même si je le détestais du fond du cœur.

« Réveille-toi, allez… me pressait-elle, tout en secouant les peluches et en ôtant les poils de chien du couvre-lit. Elles seront là d'un instant à l'autre.

— Qui ça ?

— Comment *qui ça* ? Je ne t'ai pas dit tout à l'heure que j'allais appeler Isa pour voir si elle avait besoin de quelque chose ? »

Me l'avait-elle dit ? Je ne m'en souvenais pas, la dernière chose dont je me souvenais concernait la possibilité d'apprendre à jouer avec naturel dans un centre d'art dramatique.

« Dési… tu as entendu ce que je viens de te dire ? S'il te plaît, réveille-toi, elles vont débarquer dans la minute !

— Quoi ? Non. »

Ma mère laissa ce qu'elle était en train de faire et, en me regardant dans les yeux, elle me raconta que chez les Lugano le téléphone sonnait sans arrêt et qu'ils avaient les vautours de la présentatrice Ana Rosa Quintana à leur porte, que la pauvre Isa était crevée et toute seule avec Yési, parce que Piero était parti en Italie avec les petites sur un coup de tête, chez leur grand-mère, jusqu'à ce que le choc soit passé et pour leur éviter le cirque médiatique de la première fois, même si elles ne s'en étaient pratiquement pas rendu compte alors, mais maintenant elles avaient grandi et elles ne se souvenaient presque plus de cette grande sœur qui revenait *allez savoir d'où* et, bien sûr, elles avaient peur d'elle, etc.

Elle essayait de me transmettre de la sérénité et de me donner l'exemple du self-control, depuis que mon père n'était plus là et que nous vivions seules, mais l'information perturbante avec laquelle elle voulait me convaincre m'affectait beaucoup plus que je ne pouvais l'exprimer. Malgré tout, je soutins son regard sans ciller, jusqu'à ce que mes lunettes se couvrent de buée.

«… tout ce que tu dois faire, c'est l'emmener dans ta chambre, juste un moment, pour qu'Isa et moi nous puissions parler sans besoin de prendre un ton faussement naturel, tu comprends, Dési ? Vous pourrez parler de vos affaires ou, je ne sais pas, jouer à quelque chose…

— Désirée !! finis-je par exploser, furieuse. Maman, on a vingt ans !!

— Ce n'est qu'une façon de parler, pas la peine de te mettre dans cet état-là…

— Tu veux qu'on joue à quoi ?! Hein ?! Et qu'est-ce que tu veux que je lui dise ? Eh ben dis donc, Yési, ça faisait longtemps… Et ce concert ? »

Ma mère ferma la fenêtre d'un air contrarié, en regrettant d'avoir parlé de sœurs qui reviennent allez savoir d'où, de petites filles apeurées et de vautours à la porte. Le genre de choses qui m'affectaient; d'après elle, conséquence du fait que je lisais trop, et non de la dramatique disparition de Yési, dont elle semblait avoir soudain oublié certains détails.

« De quel concert tu parles… ?

— Je ne veux pas le faire, maman. Et je n'ai pas l'intention de le faire.

— Arrête de dire des bêtises. »

Un coup de sonnette me fit bondir de ma chaise, comme propulsée par un ressort. J'atterris là où se trouvait une seconde plus tôt ma mère, qui déjà courait ouvrir. Mes jambes tremblaient. Je fermai ma porte et instinctivement je voulus tirer le verrou, mais il n'était plus là. Il n'était plus là! Quand l'avait-elle ôté? Et pourquoi? Je me jetai par terre en me tordant de rage, victime d'une sorte de régression provoquée par la panique; comme si j'avais été renvoyée à mes quinze ans d'un coup de pied aux fesses; ou plus loin encore, au jour où j'avais enfin occupé la chambre de fille tant désirée. Chimo me regardait d'un air stupéfait. Qu'est-ce qu'on fait maintenant, disaient ses yeux, voilés par la cataracte. J'ouvris la porte. Le couloir me parut plus long que jamais, aussi étroit et étouffant que celui d'un sous-marin. De la salle à manger me parvenaient des voix étouffées. Chimo les flaira en l'air et se mit en marche, d'un pas lent et résigné, sourd à l'alerte rouge.

Mamaaan… Incroyaaable… La voix d'Isa était un peu criarde, mais ses yeux brillaient dans la pénombre de la salle à manger. Les stores baissés, les fenêtres fermées, la climatisation en marche. Une atmosphère propice à l'intimité, la spécialité de ma mère. *Ça fait si longtemps que je ne t'ai pas vue ?…* Isa me regardait de haut en bas comme si elle me voyait pour la première fois depuis cinq ans, avec cet air étonné et égaré qu'elle avait toujours depuis que la nuit avait avalé sa fille aînée, *sa* Yési. Un regard absorbant auquel je n'avais pas pu m'habituer, et que j'évitais toujours avec soin.

Mais plus rien de tout cela n'avait d'importance, parce que mon attention était tout entière fixée sur la silhouette floue que je distinguais du coin de mon œil gauche, près de la porte d'entrée. Une silhouette chétive et trop couverte qui se penchait pour caresser le chien. Bien mieux élevé que moi, Chimo s'était avancé pour la saluer et lui léchait délicatement les mains. Elle, cela avait l'air de lui plaire, et j'en profitai pour l'observer insidieusement.

Ample pull foncé d'homme (de Piero), sur un petit corps qu'on devinait étroit et osseux, aucune trace des épaules bombées de nageuse, ni du brillant ni du châtain doré des cheveux, d'une couleur indéfinie maintenant, mal noués en un chignon desséché…

Mais c'était elle, Yési, qui était revenue.

« Bonjour, Dési », dit-elle.

Ma gorge se noua et ma mère dut venir à mon aide.

« Désirée, la corrigea-t-elle, en s'approchant de moi et me prenant par la taille. Elle ne veut plus qu'on l'appelle Dési, elle trouve ça trop court pour elle… »

Dans sa volonté de se montrer naturelle, ma mère pinça mon bourrelet. Elle m'exaspérait. Au point que je me serais disputée avec elle, si je n'avais pas eu de mal à respirer, et parce que Isa racontait que ça avait été la même chose pour elle, il y avait longtemps, quand Yési s'était obstinée à remplacer le *J* de son nom par le *Y* de son ascendance judéo-italienne, et à y supprimer un *s*, qu'elle était devenue plus que pénible, et la quantité de papiers qu'ils avaient dû signer parce qu'elle était encore mineure…

« Vous vous en souvenez ? demandait-elle, sur un ton assez strident. Vous vous en souvenez, ou non ? »

Je m'en souvenais parfaitement mais je répondis que non, en ravalant comme je pouvais mon exaspération (elle avait un goût métallique). Ma mère disait, avec pas mal d'enthousiasme, qu'*elle oui*, elle s'en souvenait. Yési n'ouvrit pas la bouche et elle les regardait, impassible. Je ne sais pas si elle n'avait pas honte pour elles, pendant qu'elles se racontaient, et pas pour la première fois, que Yesica signifie *prévision* en hébreu original, et que Désirée vient du latin et veut dire… *désirée.*

« Et pourquoi n'allez-vous pas un moment dans la chambre ? » nous lâcha ma mère, comme ça. Et elle ajouta, en me regardant dans les yeux : « Vous pouvez mettre le ventilateur. Ton père est passé hier après-midi et il l'a réparé. »

Je serrai sa main, qui était toujours sur ma taille outragée.

« Et pourquoi tu ne me l'as pas dit ?

— Mais tu ne le mets jamais pour travailler, tu dis que le bruit te dérange…

— Que papa était passé hier après-midi… Pourquoi tu ne me l'as pas dit ? »

Je serais peut-être repartie avec lui, j'aurais peut-être déménagé… C'était ce que je voulais lui dire, sur un ton légèrement vindicatif, mais ce serait pour une autre fois. Déjà ma mère racontait à Isa que mon refus de l'air conditionné n'était qu'une de mes nombreuses manies. Et moi, sans savoir comment, j'étais de nouveau dans le couloir, je traversais le tunnel du temps en direction de ma chambre. Et cette fois sans la remorque de Chimo. Aussi lentement et aussi lourdement que si j'avais un boulet attaché à mes pieds.

8

Yési entra derrière moi et s'arrêta au milieu de la pièce pour regarder les photos et les cartes postales exhibées sur les murs. Je fis de même. Sa maigreur et son aspect maladif, si éloignés du souvenir que j'avais d'elle, me faisaient flipper, et je préférais regarder là où elle regardait. Quand elle s'arrêta devant le poster d'un chaton roux allongé dans un hamac, avec des lunettes de soleil et un chapeau de paille, j'eus un peu honte.

Yési sourit. Ses dents étaient en mauvais état.

« Eh bien, eh bien, on dirait qu'ici au moins le temps n'est pas passé. »

Elle avait l'air soulagée. Elle prit un paquet de cigarettes écrasé dans la poche revolver de son jean.

« J'ouvre ? demanda-t-elle en allumant sa cigarette, sourcils froncés. – Ses joues étaient creusées et la fossette de son menton plus marquée. *La marque des anges*. – Tu veux que j'ouvre la fenêtre ou pas ?

— Non, non… pas besoin, je vais brancher le ventilateur, si tu préfères.

— Moi ça m'est égal, c'est ta chambre. »

Je n'ouvris pas la fenêtre ni ne branchai le ventilateur. Je m'immobilisai et la regardai comme si elle était une hallucination, un fantôme qui revenait du passé pour scruter les photos punaisées au mur, en les frôlant presque du bout de son nez… Était-elle devenue myope ? Et pourquoi avait-elle des manches longues en plein mois de juin ? Que cachait-elle ? Des tatouages, des meurtrissures, des piqûres ? De dos, elle avait l'air d'avoir treize ans. De face, plus de trente. Mais elle n'en avait ni treize ni trente ; c'était une Gémeaux cuvée olympique, comme moi.

« C'est ton copain ?

— Mais non, voyons. C'est Pablo Alborán, un chanteur-compositeur.

— Je sais qui est Pablo Alborán, sauf que… je n'avais jamais fait attention à sa tête. Il est beau.

— Oui. Et sympa aussi. »

Ma mère s'était entêtée à me prendre en photo à côté de Pablo Alborán, que nous avions rencontré dans le train, mais Yési ne me posa pas de questions. Je m'approchai d'elle par-derrière pour lui montrer une bande de quatre photos d'identité. Elle sentait les cheveux sales.

« Mon copain c'est celui-ci.

— On dirait un enfant.

— Il a dix-neuf ans, il s'appelle Sergio.

— Ça fait combien de temps que vous êtes ensemble ?

— Huit mois.

— Il n'est pas du quartier.

— Non… – Que savait-elle de ce qui était ou non arrivé dans le quartier ces cinq dernières années ? – Il est de Cornellà. C'est le frère d'une camarade de fac, je l'ai connu lors d'une soirée.

— Tu fais quoi, comme études ?

— Moi ? »

Je ne sais pas pourquoi je dis ça, je le regrettai aussitôt. Yési haussa un sourcil et tira une profonde bouffée de sa cigarette. Je dus dire quelque chose d'inaudible, parce qu'elle me demanda, étonnée :

« Lettres ?

— Oui. En première année, j'ai redoublé deux fois avant l'examen d'entrée à la fac.

— Mince, désolée. »

Je me mis à transpirer. Yési continuait à inspecter les photos, parmi lesquelles une en noir et blanc de Dani Martín, à l'époque chanteur du groupe El Canto del Loco, et sur laquelle elle ne me fit aucun commentaire non plus.

« Et il te traite bien ?

— Qui ?

— Sergio de Cornellà, dix-neuf ans.

— Évidemment.

— Mais tu n'es pas amoureuse de lui…

— Comment ça, je ne suis pas amoureuse ?

— Comme je te dis… – Elle montra le poster au chaton d'un geste méprisant de la tête et ajouta, en claquant la langue : Aucun type qui te plaise n'est entré ici. »

Je ne comprenais rien, mais je me sentais agressée et vulnérable. Que savait-elle de l'amour ? Où avait-elle été ? Que lui était-il arrivé ? Que lui avait-on fait ? J'aurais dû la prendre par les épaules et la secouer et le lui demander, mais j'étais bloquée.

« J'aime les chats, dis-je.

— Eh bien justement, si tu les aimes, ce poster devrait te sembler ridicule... Tu ne penses pas que c'est un peu dégradant de les faire poser comme ça ? »

Je le pensais, mais je ne l'avais pas ôté par pure flemme. Comme le tableau avec mon prénom au point de croix, cucul à en être insupportable, et qui n'avait plus de sens non plus. Mais je ne le lui dis pas ; vieilles stratégies d'autodéfense. Yési me regardait, dans l'attente d'une réponse. Ses yeux globuleux, jadis gris et rêveurs, étaient maintenant opaques et sombres.

« Alors, dis-je...

— Alors quoi, répondit-elle.

— Tu veux boire quelque chose ? »

Elle haussa les épaules. Dans la salle à manger, le téléphone sonnait.

« Tu as quelque chose avec de l'alcool ?

— Il doit y avoir de la bière au frigo. Je vais voir.

— Oui. Va voir. Et par la même occasion rapporte un cendrier. »

Je traversai la salle à manger si vite que même le chien ne s'en aperçut pas. Il me sembla voir Isa pelotonnée sur le divan et ma mère de dos, en train de téléphoner à voix basse. Une fois dans la cuisine, j'allai tout droit à l'évier pour me laver les aisselles avec le liquide vaisselle. Je ne savais pas quoi faire, et la peur empeste. Ma tête tournait, en quête d'une connexion, aussi abstraite fût-elle, entre être ou ne pas être amoureuse et le *ridicule* poster au chaton.

Le fait est que Yési avait raison, aucun type qui me plaise n'était entré dans ma chambre, ni qui ne me plaise pas. Personne n'y était entré sauf Chimo (et ma mère, avec un code). Entre autres choses, c'était pour ça que la décoration en était un peu dépassée et mon journal intime toujours bien en vue sur mon bureau. Un frisson me parcourut l'échine. Et si Yési avait l'idée de le feuilleter ? Et si elle découvrait son avis de recherche collé sur une double page ? Dans les ténèbres de ces fameux jours, dans mes délires d'imposteur, j'avais dessiné une monture de lunettes sur ses yeux, et changé le Y en D.

Yési ou Dési. Avis de recherche.

Alors je me mouillai aussi le front et la nuque, fermai le robinet, me séchai avec le tablier de ma mère, pris dans un tiroir le cendrier de mon père, une canette de bière et un jus d'ananas dans le frigo et revins auprès de Yési.

Elle avait ouvert la fenêtre et était assise dans l'encadrement, légère comme un moineau. Je lui donnai la bière et gardai pour moi le jus d'ananas. Nous entrechoquâmes les récipients sans nous regarder. Je lui dis que je n'avais pas réussi à aimer la bière et elle haussa les épaules. Elle me dit que comme j'avais tardé à revenir, elle avait dû jeter son mégot par la fenêtre. Je haussai les épaules moi aussi. Puis je m'assis par terre et nous restâmes en silence, un long silence que je ne pus supporter que grâce au soulagement que j'éprouvais encore ; mon journal était passé inaperçu entre mes livres de cours et mes carnets de notes.

Je ne voulais pas la regarder, mais je la voyais. Je la voyais du coin de l'œil et dans la glace, elle regardait les livres sur l'étagère, tête penchée, essayant d'en lire les titres sur leurs dos. Je ne voulais pas la regarder, mais je ne pouvais pas m'en empêcher. Et sa fragilité, son laisser-aller, l'odeur aigre et malsaine qui émanait d'elle me troublaient tant que je ne savais que dire. Je n'étais même pas capable de prononcer son prénom.

« Tu peux prendre celui que tu veux, eh… Tous les livres que tu veux. »

Elle ne dit rien. Elle but une gorgée de sa bière et alluma une autre cigarette. Chimo haletait derrière la porte, et évaluait la situation d'après les effluves qui filtraient par la fente. Je me levai et lui ouvris, et dès qu'il se fut lové sur le tapis je me sentis beaucoup mieux ; toutefois, je ne pus éviter de chercher le regard complice et vitreux d'Amy, sur une petite photo à côté de l'affiche de *Twilight.*

« C'est drôle, dit Yési. J'avais toujours cru que ta chambre était très originale, différente, avec de la personnalité. Mais maintenant je la trouve un peu kitsch et bêtasse, je ne sais pas, peut-être parce qu'il est temps de remplacer les idoles, tu ne crois pas ? – Je ne comprenais toujours rien, et mon air devait le refléter. – Je veux dire qu'il faut que tu enlèves ce pauvre chat de là, Dési, et au passage ces vampires cafardeux qui réclament une bonne beigne à grands cris, et s'il te plaît brûle-moi toutes ces peluches... »

Ça me fit rire. L'information qu'elle maniait, la façon dont se déroulait la scène et le ton incendiaire que prenait la conversation me remplissaient de confusion. Mais ça me fit rire. Elle riait elle aussi, enveloppée dans la fumée de sa cigarette. Un rire sec et écaillé de fumeuse. Qu'était devenue la fille pleine de promesses de naguère, quand les Lugano misaient gros sur son éducation, et qu'elle était un exemple récurrent dans la bouche de ma mère ?

« Je pensais que tu n'aimais pas El Canto del Loco, dit-elle, soudain très sérieuse.

— Et je ne les aimais pas, mais ils se sont séparés…

— Je sais.

— … et maintenant Dani Martín chante seul…

— Je sais. »

Le pinçon à la taille me faisait mal. Je portai la paille à mes lèvres et aspirai, tendue, attendant qu'il se passe quelque chose (de moche) mais incapable de prendre l'initiative.

« Je savais que tu ne les aimais pas, c'est pour ça que j'avais invité cette fadasse de Laia quand j'ai gagné ces deux billets à ce putain de concours de la radio… – Je m'étranglai avec le jus de fruit, qui me sortit par le nez, tandis que Yési continuait à parler sans me regarder. – Bon, pour ça et parce que j'étais rongée par l'envie, bien sûr. Sans frère ni sœur, sans obligations, sans rien à faire ni exigences d'aucune sorte… Et en plus c'est toi qui l'avais récupéré. – D'un signe du menton elle signala Chimo, qui léchait ses pattes aspergées de jus d'ananas. – Qui sait comment les choses se seraient passées si j'avais eu un chien. »

Trois coups à la porte, le code de ma mère. Sans attendre de réponse elle passa la tête et dit quelque chose, en plissant le nez à cause de la fumée. Je ne compris pas quoi parce qu'à ce moment-là j'avais les oreilles qui sifflaient, mais Yési se dressa (elle m'arrivait au menton), vida sa canette de bière, y mit le mégot et me la donna.

« *Ciao*, Dési. Désirée. Peut-être que je passerai un de ces jours pour t'emprunter un livre. »

Aujourd'hui encore je ne sais pas si c'est elle qui mit le ventilateur en marche en sortant ou si ce fut une idée de ma mère. En tout cas, le régulateur devait être à sa puissance maximale, et quand je m'en aperçus, un ouragan agitait mes notes de cours, les pages de mon journal, les photos de mon copain… Et en quelques secondes l'ordre conquis à grand-peine ne fut plus qu'un souvenir.

Rideau.

II. DÉSI

Ça y est. Lentement, mais sûrement, comme on nous recommande de le faire, à nous qui avons des réticences à lire à voix haute pour le groupe. En pilotage automatique jusqu'à ce que le rideau tombe. Sans s'arrêter, même pas pour reprendre son souffle, sans lever les yeux de la feuille avant d'avoir dit le dernier mot et mis le point final. Bon, eh bien ça y est. Et maintenant ?

Maintenant la vraie représentation commence, celle qui débute sous les applaudissements ou les huées et s'achève quand retentit la sonnerie. Mais pour l'instant on n'entend rien. Rien d'autre qu'un très léger crissement, comme de feuilles sèches.

Ce sont les bottes en cuir de la prof. Elle se déplace très lentement entre les chaises, les yeux au sol, bras croisés serrés sur la poitrine, tellement plongée dans ses pensées qu'elle ne voit pas une main qui se lève, au ralenti, pour demander la parole.

Rien ni personne d'autre ne bouge. Au mur, au-dessus de la porte d'entrée, la pendule digitale marque 10h25 en chiffres rouges. Il est l'heure d'entamer la deuxième partie de l'atelier, celle au cours de laquelle cette vaillante prof en bottes met toute son ardeur à promouvoir la participation active, la critique et le débat, ce dont elle se repent souvent.

C'est que parfois nous la désespérons. Parfois elle oublie que pour la plupart nous ne nous sommes inscrites aux cours d'orientation que parce que l'assiduité et l'attitude sont prises en compte, et parce que c'est ce qu'on attend de nous. Parfois, elle prend les choses tellement au sérieux qu'elle en oublie où elle est.

1

« Tu as vraiment connu Pablo Alborán ? » demande Maica, fatiguée d'attendre doigt levé.

Les bottes de Julia se taisent. Quelqu'un se racle la gorge.

« Connu… connu, dit Dési, non. Mais la photo existe, ma mère l'avait obligé et il s'était laissé faire.

— Sympa, non ?

— Oui.

— Il est grand ?

— Pas très, comme moi à peu près. »

Maica est aussi curieuse de savoir si Pablo Alborán est bien balancé, s'il lui a dit quelque chose pendant qu'ils posaient pour la photo et combien il demande pour un selfie, ce qu'il lui a dit et comment il le lui a dit, s'il était seul ou avec quelqu'un et où il allait quoi putain.

« Je ne sais pas. »

Rosalía chuchote avec ses camarades de derrière.

« Moi un jour je me suis lavé les cheveux avec du liquide vaisselle… dit-elle de sa voix de rogomme, et ça m'a fait une vraie merde.

— S'il te plaît… »

Julia se frotte les yeux, perplexe, sans penser que ce matin elle s'est mis du rimmel pour dissimuler sa crève devant ses élèves insolentes, ni que la plupart des débats commencent comme ça ou plus mal encore.

« Mais c'est vrai, Julia, que veux-tu que je te dise… – Rosalía rajuste la pince de ses cheveux, en cherchant des yeux l'approbation de Dési. – Pas vrai que ça fait des tonnes de mousse et qu'après pas moyen de l'enlever ? »

Dési dit qu'elle ne sait pas, qu'elle ne se souvient pas. Maica insiste.

« Il est gay ?

— Qui ça ?
— Pablo Alborán.
— Qu'est-ce que tu veux que j'en sache.
— Je vous le demande comme une faveur… »

Julia s'est laissée tomber sur une chaise, en soufflant d'exaspération. Sa frange raide s'agite sur son front tandis que reviennent dans la salle tous les bruits habituels : murmures, soupirs, petits rires malicieux, chaises qu'on fait traîner, accès de toux, bulles de chewing-gum qui crèvent…

« Bon, moi, c'est pas que ça me regarde, mais ça m'intéresse… – Maica tente de justifier son intérêt insistant, mais elle ne réussit qu'à faire naître une vague de sifflets moqueurs qui la met de nouveau sur la défensive –. Qu'est-ce qu'il y a, est-ce que ce n'est pas important de faire des plans, des projets pour le lendemain, des choix d'avenir, d'avoir des espérances, et bla bla bla… ?

— Ah les plans de Mari Carmen ! se fiche d'elle à tue-tête Rosalía. Ne te fâche pas, Maica, ma chérie, mais moi je crois qu'on a plus de chances de retrouver Ben Laden, où qu'il se cache. »

Maica contre-attaque, pleine de ressentiment.

« Ben Laden est mort, pauvre sotte.

— Ah oui ? Et depuis quand ?

— Je ne sais pas… Quatre, cinq ans ? – Elle regarde Dési mais quelque chose dans son expression la dissuade d'attendre une réponse. – D'après la version officielle, il a été descendu par Obama et Hillary Clinton, puis on a jeté son cadavre à la mer.

— C'est ça, oui... Et comment donc ? »

Rosalía n'en croit rien. Silvana, qui n'a pas fini son collège mais qui se vante d'avoir de la mémoire visuelle, décrit pour les autres la photo qui était à la une de tous les journaux.

« Hillary soucieuse, la main devant la bouche, au milieu de tout un tas de costumes et de cravates et tout un tas d'uniformes à galons. Obama tendu mais sexy, comme toujours...

— Putain mais comment veux-tu qu'il ait fait, Rosalía ? demande Maica. Eh bien de son bureau, en appuyant sur un petit bouton...

— Mais quand ? Ça s'est passé quand ?

— Mon Dieu... » soupire Julia.

C'était en plein printemps arabe, quelque part au Pakistan. À l'aube. Peut-être pendant que sur son balcon, en pyjama et avec ses écouteurs sur la tête, Dési tapait comme une automate sur sa casserole, en faisant semblant d'être une Indignée pour faire plaisir à sa mère. Mais elle tarde trop à associer ses idées et à retrouver la date approximative (mai 2011), et à ce moment-là plus personne n'écoute.

« Bon, ça suffit. Mesdemoiselles, mesdemoiselles... – Debout de nouveau, Julia tape sans ses mains avec énergie. – Ne m'obligez pas à crier, allons. »

Elle est aphone. C'est à peine si on l'entend féliciter Dési pour avoir *compris* l'énoncé de l'exercice et l'avoir suivi au pied de la lettre. Choisir un décor et des personnages, les mettre en situation et lever le rideau, c'est tout. Trois petits pas pour prendre son élan et commencer, parce qu'à un moment donné et quelque part il faut bien commencer, mesdames. Vraiment, c'est si difficile ? se demande-t-elle, au milieu d'une attention contrite.

Les premières réactions ne se font pas attendre.

« Lire comme elle lit, il faut bien que ça serve à quelque chose.

— Et elle avait une chambre pleine de livres pour elle toute seule… !

— Elle ne s'en vantait pas, mais elle a été à l'université, même si ce n'est qu'un an.

— En lettres, rien de moins.

— Et elle avait l'air bête… ! »

Julia lui a fait un clin d'œil, mais Dési n'a pas capté le message, concentrée qu'elle est sur cette liste de privilèges qui s'allonge tout le temps : chauffeur pour aller à l'école, chambre à soi et chien, parmi les plus enviés. Des privilèges qui passent pour un nid compact et sûr où garder son innocence pour le moins jusqu'à l'âge ingrat. Redoubler sans avoir peur de recevoir une raclée, d'après Maica, ou d'être punie si un beau jour tu t'amuses à jeter tes lentilles dans les W.-C., ou s'il te prend l'envie de tout bouffer.

«Au maximum, dit-elle, on t'emmène voir un psy...»

Dési ne sait pas s'il y a du ressentiment dans les paroles de Maica, ni pourquoi Julia lui a fait un clin d'œil, ni pourquoi Rosalía la regarde comme le ferait un expert médico-légal. Et tout ça c'est la faute du bromazépam, le principe actif du Lexatin qui désactive l'appréhension et le trac, mais aussi le besoin d'interpréter les émotions des autres. Ça lui est égal. Si sa mère était là elle pourrait lire sur les visages et assumer la responsabilité de décider quoi faire et comment se sentir.

«Celle-là, oui, elle sait ce qu'il lui faut..., dit Maica. Elle veut avoir un bébé et n'arrête pas avant de l'avoir, elle veut monter et gérer son propre commerce, et tu parles si elle le fait... Et quand le graphiste fait l'idiot elle n'est pas moins expéditive, elle se débarrasse de lui et garde la boutique, Dési, le chien, tout!

— Eh bien moi je la trouve hyper protectrice et castratrice, opine Silvana, en mâchant son chewing-gum avec cette énergie si agressive qu'elle a, c'est la mère poule typique qui se met en quatre pour son poussin, pour le garder bien soumis sous son aile...»

Elles parlent de la mère de Dési, que celle-ci a dû invoquer sans le vouloir en pensant quelques secondes à elle. En général, elles applaudissent à la détermination et à la force du personnage, au sens pratique dont elle fait preuve à la tête de son nid et de son commerce. En particulier, sa façon de pincer les bourrelets du pauvre poussin, dans son désir d'affronter *l'affaire* avec le plus de naturel possible, leur a fait mal à toutes. Pour certaines, elle voulait simplement *dégourdir un peu la gamine* et elle s'est un peu laissé aller. Mais d'autres considèrent qu'elle *dépasse les bornes*, et elles ne le lui pardonnent pas.

« Quelle affaire ? », demande Rosalía.

Petits rires moqueurs et quelques coups de coude déstabilisent le débat, qui menace de dérailler. Rosalía n'a rien compris… Le vocabulaire de cette bêcheuse de Silvana est irritant… Dési est dans les vapes et ne réagit pas… Accusations croisées auxquelles Julia, figée dans la même posture depuis la réaction en chaîne, ne semble pas prêter l'oreille.

« Assieds-toi, ordonne-t-elle à Rosalía, qui a bondi de sa chaise et pointe des deux doigts les rangs derrière elle, en accusant les filles de vouloir faire les malignes…

— … parce que tout ce qu'il lui reste de son enfance c'est quatre peluches galeuses, elle a vingt ans, presque vingt et un, un copain, des études et une chatte pleine de poils…

— D'accord, mais assieds-toi. – Julia lui lance la boule de kleenex qu'elle serre dans son poing depuis le début du cours. – Assieds-toi et ne m'oblige pas à crier, bon sang!

— Tout ça tout ça?» se demandent certaines.

Rosalía s'évente avec son carnet, toute fière. Les mots lui résistent mais elle se débrouille bien avec les chiffres, et elle a fait les comptes. *Gémeaux cuvée olympique* l'a mise sur la piste. Née pendant l'été quatre-vingt-douze. Et elle ne pouvait pas le dire comme ça, aussi simplement? se demande-t-elle à voix basse.

Et elle ne doit pas avoir tout à fait tort, car le groupe est désorienté.

Mais qu'est-ce qui peut bien les avoir conduites, inconsciemment selon Julia, à tenir pour établi qu'au moment choisi tant pour lever le rideau que pour le baisser, et jusqu'à ce que Rosalía leur ait ouvert les yeux avec la subtilité qui la caractérise, la narratrice et protagoniste a toujours quinze ans et est toujours en plein âge bête?

La question est trop longue et trop complexe, et l'heure tourne. Julia en tient compte en effaçant le tableau (la quéquette à dreadlocks de tous les lundis et vendredis, œuvre d'un artiste anonyme), non parce que ça la gêne mais pour faire quelque chose, et elle se mouche à plusieurs reprises. Et finit par s'avouer vaincue.

« La *chamb'e*, dit-elle, congestionnée. La *chamb'e* de Dési.

— Eh bien, eh bien, on dirait qu'ici au moins le temps n'a pas passé, récite par cœur Silvana, avec son accent pompeux de princesse Disney.

— Exactement… Très bien, Silvana. Dans les premiers mots de Yési, la Yési qui vient de renaître, la Yési revenue d'*allez savoir où*, qui est celle qui nous intéresse toutes le plus, n'est-ce pas ?… »

Personne ne répond. De nouveau, on n'entend plus que le crissement de ses bottes, tandis qu'elle se promène entre les chaises, l'air inspirée.

« Ce ne sont que des mots, des mots inoffensifs mais mystérieux qui font référence à un décor qui s'est conservé presque intact, comme figé dans le temps, depuis le moment même où Yési disparaît. Et puisque nous parlons de Yési, comment pensez-vous qu'elle se sente en examinant la chambre ? Vous diriez qu'elle lui plaît, ou non ? Qu'elle s'y sent à son aise, ou mal à l'aise ? »

Un murmure d'agitation s'est élevé, fort et vibrant comme un bourdonnement. En partie parce qu'elles n'ont presque rien compris à ce qu'elles viennent d'entendre, en partie parce que jusqu'à maintenant elles se sont arrangées pour ignorer Yési, pour ne pas la nommer ni faire allusion à elle autrement que comme à une *affaire* très ambiguë à affronter. Mais maintenant Julia l'a invoquée (en la nommant cinq fois de suite) et elle se frotte les mains en attendant les premières hypothèses ; et au passage en fabriquant une nouvelle boule dissuasive avec ses kleenex, au cas où ça se passerait comme d'habitude, quand une s'enhardit, une autre se porte volontaire, une autre n'est pas d'accord, et la plupart font du bruit.

« À l'aise, elle ne peut pas faire autrement. Mais elle ne l'aime pas du tout.

— Non, elle dit que ce qu'elle aimait bien avant lui semble ringard et qu'elle mettrait le feu à tout... Elle est complètement folle.

— Ça c'est vrai.

— Ou pas, va savoir. Si ça se trouve elle n'est pas si folle que ça et elle dit ça simplement pour provoquer Dési, pour qu'elle réagisse, qui sait pourquoi... »

Qui sait pourquoi. C'est une bonne question, et Julia ne la laisse pas passer. Surtout, *qui sait pourquoi* Dési ne réagit pas. Elles ont encore cinq minutes pour l'étonner avec leurs réponses.

« Voyons, je ne sais pas... Parce qu'elle est Gémeaux ?

— Parce qu'elle est un peu conne, comme son père ?

— Parce qu'elle est *bloquée* ? C'est ce qu'elle dit quand l'autre se fout du poster au chat, qu'elle est bloquée, et en plus on lui a conseillé de ne pas mettre la pression à la fille et d'essayer de se conduire avec naturel…

— Eh bien elle est plus lente que son chien, la pauvre…

— Sûr qu'elle ne tient pas de sa mère.

— Évidemment, elle est adoptée !

— Et alors ? Ça s'apprend, ça s'attrape à la maison.

— C'est vrai.

— Pas du tout, on naît avec, ça ne s'apprend pas et ça ne s'enseigne pas… »

La dernière ligne droite du débat est un chapelet de proverbes rebattus, une spirale croissante de dictons et d'adages et même de citations de la Bible. Tel père, tel fils. Bon chien chasse de race. C'est au fruit que l'on connaît l'arbre. À mère travailleuse, fille paresseuse. Des lieux communs sur la réserve des Catalans, ou sur la dualité des Gémeaux ; d'après les connaisseurs, ceux qui sont nés sous ce signe d'air sont contradictoires, en plus d'être lâches et superficiels, et par-dessus le marché ils se découragent facilement.

« Ne vous égarez pas… se désespère Julia. Arrêtez avec vos âneries, bon sang ! »

La dernière ligne droite du débat est tout sauf droite. Mais on ne décourage pas Julia comme ça, elle ne se contente pas de gratter la surface ; et elle est Gémeaux elle aussi. Elle continue à s'efforcer de diriger la dérive du groupe vers le fond, vers l'*affaire* qu'en son temps Dési n'a pas osé affronter, par lâcheté ou par maladresse, et que toutes fuient maintenant, épouvantées. Elle continue à insister et à se demander, avec ce qu'il lui reste de voix, si, même en sachant que la peur est une raison plus que suffisante, la curiosité n'est pas parfois plus forte que la peur.

2

Les éducateurs et les travailleurs sociaux du centre pénitentiaire de Wad-Ras l'ont recommandé avec insistance, durant le temps que c'est resté affiché au tableau des annonces, avec un titre des plus optimistes. « Le plus facile est de commencer. » Nouvel atelier dans les cours d'orientation. Deux fois par semaine. Salle d'informatique.

Même comme ça, elles n'avaient été que quatre à s'inscrire. Si elles s'étaient déjà croisées dans les zones partagées, Dési ne les avait jamais remarquées. C'était la première fois qu'elle les voyait. Une fille tapant sur le clavier d'un ordinateur éteint, d'un air d'ennui. Cheveux de jais, tressés au millimètre. Manucure professionnelle. Et deux anciennes échangeant des phrases courtes et peu encourageantes d'un bout à l'autre de la classe.

Encore ? Comme tu vois. Combien ? Trois, avec la réduction.

L'une d'elles avait une voix caverneuse et agitait son éventail avec une grande vitalité. Auprès d'elle, l'autre avait l'air malade, maigrelette dans un immense sweat-shirt à doublure polaire, en plein mois d'août.

La pendule marquait 9 h 30 quand Julia entra, très décidée, et suggéra d'écarter les chaises qui les séparaient et de pousser les tables contre le mur, derrière elles. L'initiative ne fut pas accueillie avec grand enthousiasme et prit beaucoup de temps ; temps dont Julia profita pour demander un peu de patience et s'excuser à cause du crissement irritant de ses bottes neuves. Elles s'assoupliraient à l'usage, dit-elle, d'un ton convaincant, menaçant, presque. Elle dit aussi qu'elle venait de les acheter en ligne et qu'elles lui avaient coûté un œil, mais qu'elles étaient parfaites. Écologiques, ergonomiques, scandinaves. En cuir synthétique contre le massacre aveugle d'animaux, à tige haute pour dissimuler le mollet court, et semelle en caoutchouc pour éviter les claquements de talons dénonciateurs dans les couloirs…

Elle leur donna toutes sortes d'explications pendant le long moment qu'elles passèrent à déplacer sans le moindre entrain chaises et tables, en les cognant les unes contre les autres tout en la regardant du coin de l'œil, méfiantes, et en prenant sa mesure. Des explications qui avaient l'air absurdes et superflues, mais qui en réalité contenaient des signaux codifiés sur sa personne, des informations clés pour le déroulement de l'atelier et le bon fonctionnement du groupe. Par exemple : elle n'est pas une novice et elle est pleine de ressources, elle prend des décisions en pensant aux autres, elle n'est pas riche, elle aurait aimé être plus grande, son intention est de rester là un certain temps et d'en tirer tout le parti possible, elle est têtue, décidée, autoritaire.

Et une fois qu'elles furent toutes assises au centre de la salle elle fit l'appel sans aide-mémoire, en les regardant dans les yeux et en mettant sur les visages un prénom et un nom qu'elle s'était donné la peine de mémoriser.

Carretero, María del Carmen. Morilla, Silvana. Ribó, Désirée. Vargas, Rosalía.

Bienvenue à l'atelier d'écriture créative. Une *expérimentation* (elle appela ça comme ça) qu'elle avait conçue avec l'aide d'Internet et en se fondant sur son expérience à la tête d'un atelier de théâtre dans un centre pour mineurs, avec pour objectif de les aider à explorer les possibilités de la fiction pour exprimer leurs sentiments ou leurs idées. Ou quelque chose comme ça. Aucune des quatre ne comprit bien l'*intention*, la première d'une liste qu'elles trouvèrent interminable : chercher sa propre voix, gérer les attentes, approfondir l'analyse et la réflexion, encourager la participation active et le débat, se familiariser avec la critique…

C'est pas vrai, lâcha tout bas une des anciennes. Elle s'était inscrite à l'atelier pour *commencer* à écrire, et pas pour chercher des voix, ni subir des critiques, ni approcher la fiction à partir de la vérité, ni l'inverse. Elle s'était inscrite parce que ça ne pouvait pas être pire que de faire du crochet ou de colorier des mandalas, disait-elle. Pendant ce temps, leur tournant le dos, Julia effaçait le tableau (quelqu'un avait dessiné une quéquette à dreadlocks, en souvenir d'un professeur d'informatique argentin qui avait fait des dégâts) et écrivait l'énoncé du premier et unique exercice sur lequel se fondait toute l'expérimentation.

a) Choisir un cadre et b) situer le protagoniste ou les protagonistes dans une scène du quotidien, et, sans plus attendre, c) lever le rideau.

Ça avait l'air si simple qu'aucune des filles n'y comprit quoi que ce soit. Est-ce qu'elles allaient monter une pièce de théâtre ? Mais est-ce qu'il ne s'agissait pas d'apprendre à écrire ? Pas exactement. Il s'agissait de *se lancer*, il s'agissait de prendre trois petits pas d'élan et de se lancer à raconter une histoire, n'importe laquelle, n'importe comment, une histoire qu'elles liraient ensuite à voix haute pour le groupe. Ensuite, dans la deuxième partie de l'atelier, on ouvrirait un débat où chacune pourrait s'exprimer spontanément et dire *la sienne*. Un débat qui durerait tant qu'il y aurait matière, que Julia mettrait toute son ardeur à modérer et, dit-elle pour finir, qu'elle avait bon espoir de ne pas avoir à regretter.

Morilla, Silvana. Elle ouvrit le feu avec un feuilleton télé sur des sœurs jumelles qui rêvent d'avoir un salon de coiffure dans le centre de Caracas. Dans leur faubourg elles entendent parler de quelqu'un qui a acheté un taxi après un voyage éclair à Barcelone. Les jumelles se renseignent, pèsent le pour et le contre et s'en remettent au sort. L'aînée (de six minutes) fait ses valises, mais, un peu avant la date convenue, elle tombe enceinte (du chauffeur de taxi) et c'est l'autre qui part. Elles se disent au revoir à l'aéroport, pleines d'illusions, dans une scène bien mielleuse, tout à fait du goût de l'auditoire. Puis, sans détours ni fioritures, la fin en vrille. De l'aéroport El Prat à un centre sanitaire, du commissariat au cachot, de la salle où a lieu le procès à Wad-Ras. *Barcelona City Tour.*

« Cendrillons de quartier » fut très applaudi et attira de nouvelles élèves à l'atelier ; presque toutes camarades de l'atelier de coiffure où Silvana travaille tous les après-midi, des femmes aux histoires semblables à la sienne. Le débat ouvert dura des semaines.

Vargas, Rosalía. Soixante et un ans, huit enfants, quatorze petits-enfants, six arrière-petits-enfants, trois tumeurs *moches*, cinq procès en attente. Fin de l'histoire.

« La môme Rosalía, ou le portrait d'une Gitane née à la Barceloneta dans les années cinquante » fut accueilli par quelques sifflets que Rosalía encaissa assez mal. Elle ne voulut pas reconnaître que le sous-titre ne tenait pas ses promesses, et que le groupe se sentait trompé. Trop ambitieux pour ce qui, en fin de compte, n'était qu'un résumé de son parcours, un inventaire schématique et partiel, limité aux données dont elle fait étalage presque chaque jour ; alors que pour le reste, ce qu'on murmure sur son passage en tant que récidiviste et vieille connaissance, elle a joué et continue à jouer les innocentes. Au cours du débat orageux qui suivit, et entre autres choses (broutilles, falsification, arnaque, vol, extorsion), on dit de Rosalía qu'elle avait vendu deux fois la même maison et que les crises d'épilepsie qu'elle a de temps en temps ne sont que de l'esbroufe.

Carretero, María del Carmen. La seule à situer son exercice, « La Tasketa », dans un futur pas trop lointain, à la date de son prochain anniversaire qu'avec *un peu de chance* elle espère fêter à la Tasketa, le bar tenu par sa cousine à Badalona, dans le quartier San Roque.

Une histoire sans argument ni trame ni le moindre conflit entre les personnages. Uniquement des descriptions, trop pour un auditoire avide de surprises. Quelques évocations détaillées, idéalisées et même romantiques du bistrot et du quartier que María del Carmen a dans le sang, et où elle espère fêter en grand sa liberté et ses trente-cinq ans. Rien de plus. Les applaudissements furent tièdes mais sincères, signe que Maica est appréciée pour son bon caractère, et qu'elle n'est pas nouvelle ici non plus, même si personne n'aurait dit qu'elle n'a que trente-quatre ans. Détail dont aucune ne s'était aperçue jusqu'à ce qu'il vienne sur le tapis au cours d'un débat qui, s'il n'a pas apporté grand-chose, s'est au moins déroulé sans incidents.

Quatre mois ont passé et onze détenues se sont ajoutées à l'expérimentation de Julia. Sa liste compte maintenant un total de quinze noms ; noms interchangeables selon qu'elles sortent en permission, pour un procès, en transfert, selon qu'elles soient malades ou objets d'un rapport disciplinaire. Ses bottes continuent à crisser comme les feuilles mortes, mais il faut bien les amortir. C'est pour ça qu'elle les porte tous les lundis et tous les vendredis, qu'il fasse froid, qu'il fasse chaud ou qu'il pleuve à verse, qu'elle surveille des examens à l'université ou qu'elle soit enrhumée avec une voix proche de l'extinction ; comme aujourd'hui, où elle a modéré avec de la fièvre le passage de Dési.

Ribó, Désirée. La quatrième et dernière des pionnières à entrer en scène, la plus réticente à se montrer en public et celle qui a eu le plus de mal à se décider. À son début, un peu timide, trop prudent, sa lecture a provoqué quelques petits rires. Soit parce que le titre, « Yési ou Dési », a des résonances adolescentes qui ont excité l'assistance, soit parce que c'est vendredi, et que demain c'est le jour des visites. Un chuchotement joyeux s'est dissipé à mesure qu'elle avançait, lentement mais sûrement, comme Julia le lui a recommandé. En pilotage automatique jusqu'au baisser de rideau.

3

Détenues agitées qui montent et descendent l'escalier, avec du linge de la buanderie. Gitanes au trot vers la salle de télévision et de récréation. Fonctionnaires cancanant dans leurs guérites. Petits cercles ici et là, dans la cour, en face du gymnase et jusque dans la chapelle. Il se trame quelque chose. On le sent dans l'air raréfié qui circule dans les couloirs, lourd de rumeurs et de bavardage, dans le flux de mouvement continu que Dési doit esquiver, à contre-courant, si elle veut arriver à la queue devant le téléphone pour son appel quotidien.

« La Pantoja est internée à Alcalá de Guadaira*, dit une détenue, autoérigée porte-voix de la queue pour mettre les nouvelles venues au courant de la situation. – Elle a un bras dans le plâtre. – Elle est arrivée en Mercedes à 8 heures ce matin, accompagnée par *tito* Agustín. Elle n'a fait aucune déclaration. »

Dési ne comprend pas la situation, c'est comme si elle entendait parler dans une langue étrangère. La fille au bras dans le plâtre propose, en échange de cigarettes ou de cartes de téléphone, de garder leur place dans la queue à toutes celles qui ne veulent pas manquer les premières heures de *La Panto au trou*. Pendant qu'elles négocient à voix basse, Dési en profite pour gratter des places dans la queue…

« Eh, toi, ça ne t'intéresse pas ?

— Je ne fume pas. »

… introduire sa carte et faire le numéro de la maison.

« Et tu dis que tu n'as pas encore reçu ta demande de pré-entrée à l'Uned** ? Mais comment est-ce pos-

* Ville d'Andalousie où se trouve une prison pour femmes.
** Université nationale d'enseignement à distance.

sible, je te l'ai envoyée deux fois, et par courrier urgent, je n'y comprends rien. – C'est sa mère, qui est absolument convaincue qu'elle doit continuer ses études par correspondance et ne manque pas une occasion de tenter de la persuader, que ce soit lors des visites familiales, au parloir, par lettre ou au téléphone. – Je te l'apporterais bien moi-même à ma prochaine visite, mais je ne vais pas pouvoir venir parce que… bon, ton père a l'intention de venir te voir, je crois qu'il a quelque chose d'important à te dire.

— Quoi donc ?

— Dis voir… C'est quoi tout ce boucan derrière toi ? Vous fêtez quelque chose ?

— Maman, s'il te plaît.

— Tu vas avoir un petit frère. »

La nouvelle tombe dans le vide. Elle ne ressent rien, pas même ce fourmillement à la taille, là où un jour sa mère lui a planté ce pincement impardonnable. Ou peut-être une froide incrédulité.

« Je ne suis pas d'humeur à plaisanter…

— Ce n'est pas une plaisanterie.

— Alors c'est un miracle. »

Un bruit sec à l'autre bout de la ligne. Venant de la salle de télévision, on entend les battements de paumes des Gitanes, et la porte-parole plâtrée quitte la queue et s'en va avec ses cigarettes.

« Mais Dési, s'il te plaît… Comment peux-tu penser que je… ? J'ai failli m'étrangler… Je parle de ton père et de sa nouvelle femme, Conchita, je crois… ? Bon, peu importe, à la boutique ça fait un moment que ça se sait, mais ton père n'a pas eu le courage de me l'annoncer avant hier soir, et par téléphone…

— Un moment, un moment, tu dis qu'à la boutique *ça fait un moment* que ça se sait… De combien de temps on parle ? Elle est enceinte de combien ?

— Elle doit accoucher fin décembre.

— Et c'est quand, ça, merde, maman, moi je ne sais même pas en quelle année on est… !

— Ne me parle pas comme ça. »

Sa mère la remet à sa place et, en passant, calmement, avec précision, la remet également dans le temps. Il est 11 h 15 du matin et nous sommes vendredi 21 novembre de l'an 2014.

« … mais c'est dans un mois !

— Si elle n'accouche pas en avance, oui.

— Merde, ça c'est fort.

— Oui.

— Je vais *enfin* avoir un petit frère.

— Oui. »

Comme Dési lui reproche d'avoir oublié ce petit détail, cet adverbe insignifiant à la fin de sa phrase, sa mère lui demande de ne pas être cynique ; plus n'est besoin qu'elle ajoute *comme ton père*, l'association d'idées se fait toute seule.

« C'est *lui* qui t'a demandé de me le dire, n'est-ce pas ?

— Au contraire, il a bien insisté pour que je ne te dise rien, il veut le faire lui-même à sa manière.

— Alors il se présentera à Noël avec la poussette.

— Dési, même si tu as du mal à le croire… – elle avale sa salive, on remarque qu'elle, elle a du mal –, ton père est absolument convaincu que tu vas en être très heureuse.

— Ah oui ? Eh bien autant que toi.

— Mais tu as toujours voulu avoir des frères et sœurs…

— Mensonge.

— Dési !

— Mais ce n'est pas vrai, maman, pas *toujours*. Pendant trois ans seulement, de Noël 2005 à mai 2008.

— Quoi ? Qu'as-tu dit ? Je crois que je ne t'entends pas bien… »

Attention, distribution de méthadone. Les détenues ayant droit à la méthadone, au distributeur. Attention, distribution de méthadone.

« Attends ici un moment, je vais me chercher un verre d'eau, j'ai la bouche sèche. »

Si elle était d'humeur à ça, Dési lui dirait qu'elle ne pense pas bouger d'*ici*, qu'elle ne va aller nulle part. Mais elle est encore sous l'effet du Lexatin et, après une heure de lecture et une demi-heure de débat, elle aussi a la bouche sèche. De plus, elle ne veut pas énerver sa mère davantage. Elle sait qu'elle ne peut pas s'habituer aux haut-parleurs et que ça lui provoque encore cette espèce de sentiment d'urgence stressant. C'est pour cela que, quand elle reprend son souffle, il lui reste toujours très peu de temps et que ses paroles, la kyrielle de commissions et de conseils se bousculent avant le coup de sifflet annonçant la fin de l'appel.

Grand-mère est de plus en plus sourde et grand-père de plus en plus grognon, mais ils vont bien tous les deux et lui envoient leur bon souvenir, bises et bon courage de la part des clientes et de M. Ramón, qui va prendre sa retraite et rentrer dans son village, le quartier s'est entiché maintenant des fruiteries écologiques et des restaurants modernes, mais ce qui promet le plus c'est une librairie qui vient d'ouvrir passage Pere Calders, pour la boutique l'heure n'est pas encore venue (bien que les Chinois rôdent autour), mais en revanche ce qui devient urgent c'est de lui acheter une chambre neuve, à sa prochaine visite elle lui apportera le catalogue Ikea, elle l'aime, elle lui manque, qu'elle n'oublie pas de remplir sa demande, ni de prendre ses médicaments, qu'elle se fasse des amies, qu'elle essaie d'étudier, de lire, d'occuper son esprit.

« Oui, maman.
— C'est très important, Dési.
— Mais oui.
— Et ne mange pas trop…
— Non.
— Tu n'as pas reçu non plus les masques pour dormir que je t'ai envoyés ?
— Non. Je veux dire oui, ça oui.
— Il y en avait quatorze plus celui de la prof, non ?
— Quatorze seulement, moi je ne me compte pas.
— Pourquoi ça ?
— Ah, maman.
— Tu les as déjà distribués ?
— Non.
— Pourquoi ? »

Elle n'a pas d'amies, ni d'ennemies. Lors des évaluations psychiatriques on constate son indifférence affective tant envers le personnel pénitentiaire qu'envers les autres détenues, y compris sa camarade de cellule, la prisonnière-soutien qui l'a accueillie pendant sa période d'observation, et dont la seule plainte fut qu'elle grinçait des dents en dormant.

La seule demande de Dési aux institutions pénitentiaires, un appareil contre le bruxisme. Pour le reste, son dossier est vierge. Pas une requête, pas une admonestation, pas une bagarre, pas un rapport, pas une simulation pour échapper à une activité programmée ou être envoyée à l'infirmerie.

D'après son rapport psychologique, Dési s'est *convenablement* adaptée au régime carcéral, à la routine et à l'inertie qui l'emmène et la ramène, comme un robot, selon les instructions annoncées par haut-parleur, et auxquelles elle s'est également adaptée. Où il faut aller et ce qu'il faut faire, s'il faut dormir, manger, communiquer ou prendre ses médicaments.

Elle participe aux activités de formation proposées par la direction, mais elle évite les compétitions sportives et les ateliers professionnels dirigés par les détenues elles-mêmes, comme ceux de couture ou de radio, ou encore le salon de coiffure. Si elle se montre dans les zones partagées, à ses moments perdus elle s'isole dans sa cellule ou tend à déambuler sans but, en s'efforçant de passer inaperçue mais sans pour autant se faire remarquer par une attitude bizarre.

Une partie de son inappétence et de sa conduite erratique est mise sur le compte des effets des médicaments (1,5 mg de Lexatin le matin et l'après-midi et 3 mg le soir) prescrits contre son anxiété. Il est aussi fait référence à un désordre pathologique consistant à éviter de ressortir de son environnement, soit activement soit passivement. Et ce n'est pas une tâche aisée. Son profil sociologique correspond à celui d'une minorité à l'intérieur d'une minorité à l'intérieur d'une autre minorité, et ainsi de suite jusqu'à la fin du rapport pour la commission de traitement, où le psychiatre a apposé sa signature.

Ribó y Caralps, Désirée. Code prévenue 020012565. Régime ordinaire. Niveau A. Vingt-trois ans. Étudiante. Classe moyenne/supérieure. Fille unique. Sans antécédents. Sans troubles physiques ni mentaux. Sans problèmes avec les drogues ni l'alcool. N'a jamais travaillé et n'est pas émancipée. Ne fait partie d'aucun mouvement social et ne s'est intégrée dans aucun groupe. Ne montre aucun attachement à rien ni à personne ; ne garde précieusement ni photos ni souvenirs d'aucune sorte et se débarrasse tout de suite de presque tout ce que lui envoie sa mère, son principal lien avec l'extérieur.

Cinquante minutes hebdomadaires, divisées en dix appels de cinq minutes chacun. C'est le temps dont elles disposent toutes les deux pour donner et recevoir des informations, pour entretenir leur relation selon les codes qu'elles ont toujours observés, avec leurs propres accords et leurs propres servitudes, leur interdépendance. Cinq minutes quotidiennes que la mère gère du mieux qu'elle sait, consciente que la clé se trouve – elle a toujours été là, elle l'est encore, maintenant plus que jamais peut-être – dans leur emploi. Et la fille y contribue à sa façon ; en silence, docile et farouche à parts égales, en assimilant ses leçons avec la même impavidité que celle avec laquelle elle assimile le recueil de proverbes populaires, les prédictions du zodiaque, les pathologies génétiques et environnementales.

Excuses parfaites pour se protéger et dissimuler ce que personne ne sait, ce qui ne se trouve ni dans les évaluations psychiatriques ni dans les rapports. Dési a toujours montré des dispositions. Face aux situations à haut risque elle a ses propres ressources : ne pas se dévoiler. Un discret mais complexe système de défense qui jusqu'à maintenant l'a assez bien servie.

4

Dans la salle à manger, tandis qu'elle fait la queue pour prendre ses couverts, elle reçoit d'innombrables petites tapes sur l'épaule et quelques claques solidaires. Ce sont les premiers avertissements d'*erreur dans le système* que pour le moment il convient d'assumer avec plus de stupéfaction que d'inquiétude. L'important est qu'elles se solidarisent avec elle, pense-t-elle. Que la fille au bras dans le plâtre ait capté quelque chose de la conversation téléphonique avec sa mère et que la nouvelle se soit répandue dans le groupe. Dési va avoir un petit frère, et elle va l'avoir *enfin*.

Mais non, il s'agit de quelque chose d'encore pire.

« … nattes, robe chasuble à carreaux, chaussettes jusqu'aux genoux… – Quelqu'un a évoqué la pub du lait riche en calcium et sa repoussante protagoniste. – Quoique… elle devait déjà s'épiler le maillot et avoir eu ses premières règles…

— Une odieuse enfant parfaite… Tu n'en verras pas beaucoup comme ça par ici ! »

De nouvelles claques. Des envies de rigolade et de la rage contenue. Une agitation nerveuse qui se trahit dans les voix et les gestes, dans les pitreries de mauvais goût, dans les versions pornos de la pub, dans les parodies de la mère avec sa faux, exterminant les cancans comme si c'étaient de mauvaises herbes qui poussaient devant la porte de la boutique, dans les rires puérils, rageurs, contagieux, et finalement étouffés par la menace du rapport.

Circulez, mesdames… Au réfectoire on vient pour déjeuner.

Dési doit rire elle aussi, comme si tout cela l'amusait. Sans échappatoire jusqu'à ce qu'on autorise la sortie, une fois qu'elles auront une par une rendu leurs couverts, le plus sensé est d'entrer dans leur jeu. Quel changement ! Si réticentes voilà un moment, à l'atelier, et brusquement si spirituelles et si curieuses. Le fait est qu'elles ont l'air de ne plus avoir peur de Yési et que ce ne sont plus que conjectures sinistres et questions, beaucoup de questions à voix basse. Est-elle revenue emprunter un livre, comme elle l'avait dit ? Elle était juive, vraiment ? Pourquoi était-elle sale et habillée comme un homme ? Ses parents n'avaient gardé aucun de ses vêtements ? Pourquoi ? Elle avait tellement grandi ? Elle avait rétréci ? Elle était malade ? Peut-être que ce n'était pas elle ?

« Moi mon avis c'est qu'elle était morte et qu'elle est revenue comme un zombi pour se venger…

— Avec un pull en plein été et les dents pourries… Junkie, au minimum.

— Eh bien moi je parie sur le Valencien à postiche, il l'a enlevée dans sa camionnette parce que c'était la plus mignonne et la plus tout, et il l'a cachée pendant tout ce temps dans une planque à quelques mètres de chez elle… »

Voilà quelques-unes des hypothèses que Julia attendait en se frottant les mains, réponse à son dernier problème : savoir si la curiosité n'est pas *parfois* plus forte que la peur ; mais pour le moment, et à tout hasard, Dési préfère ne rien dire, comme si la chose n'avait rien à voir avec elle.

« Eh, Dési… Ne fais pas la sourde oreille, on te voit venir… »

Mais une autre bouche s'ouvre vers l'intérieur, profonde et insatiable. Un creux dans l'estomac qu'il lui faudra remplir d'une façon ou d'une autre ; ce sera avec une soupe de pois chiches, du colin pané et un yaourt, que Maica sert sur les plateaux de l'autre côté de l'*office*.

« Coco ou citron ? » demande-t-elle à mesure que la queue avance.

Le petit bonnet de papier jetable qui lui couvre entièrement les cheveux ne la valorise pas. Il accentue ses traits de toxicomane, effilés, sa peau fragile et blafarde. Mais ses yeux brillent quand son regard croise ceux de Dési, et aujourd'hui elle se montre vive et particulièrement généreuse avec les rations.

« Tu l'as bien gagné, ma petite… Pourquoi tu ne publies pas cette histoire dans la revue ? Parles-en avec Josefa, la fille de l'économat, je lui ai tiré son horoscope pendant un temps, jusqu'au jour où elle s'est bien foutue de moi et… bon, dis-lui quand même que tu viens de ma part, même si c'est devenu une revue de merde, au moins comme ça on saura comment ça finit… »

On en a pour jusqu'à la Trinité… ! Encore du poisson… ? Putain que cette Maica est lente… telles sont quelques-uns des reproches familiers, quelques-unes des plaintes qui accompagnent Dési jusqu'à sa place, mal à l'aise et sans ses lunettes, incapable de distinguer qui ose occuper la place de sa camarade de cellule, absente après une opération du genou, jusqu'à ce qu'elle s'assoie.

« Nati s'en fichera. – C'est Rosalía, flanquée de deux de ses acolytes au lieu de ses compagnes habituelles, deux Roumaines avec lesquelles Dési n'a pratiquement aucun contact. – Elle a dû te raconter que nous étions ensemble à l'infirmerie, la dernière fois que j'ai été mal foutue… – Dési fait non de la tête, tout en ouvrant lentement le sachet qui contient ses couverts, résignée. – Non? … Ni que j'ai dû lui faire un prix pour une paire de leggings? Et de quoi vous parlez *Chez Nati*, ma petite?… Bon, voilà qu'elle a pris cinq kilos à l'infirmerie. Tu te rends compte! Et tout ça parce qu'elle est idiote, quelle idée de s'inscrire à la zumba! »

Rosalía a présenté Dési comme la plus renfermée du groupe avec lequel elle partage trois heures hebdomadaires d'écriture créative, depuis quatre mois déjà, et elle ne la connaît toujours pas, *c'est pas possible, bon sang…* Mais ses acolytes n'ont pas trop l'air intéressées. Elles mangent leur soupe en faisant du bruit, bien qu'elle soit froide, et se chamaillent pour le pain. Elles mangent à toute vitesse tandis que Rosalía ne cesse de parler, également à toute vitesse. Elle dit qu'elle n'a pas compris grand-chose à la lecture du jour mais, ah, cette boutique, ces clientes, ces petits chaussons, toutes ces petites merveilles… Elle dit qu'il ne peut pas être question de les mettre au rancart ou de les donner à des associations caritatives. Elle dit que la môme Rosalía les vendrait en moins de deux, ici, dehors, dans l'espace extérieur s'il le faut, et que c'est pour ça qu'elle propose de s'associer le temps qu'elles partagent le même *hôtel.* Elle, Rosalía, trois ans en comptant la réduction. Et Dési, combien il lui reste ? Elle a déjà été jugée ? De quoi est-ce qu'on *l'accuse* ?

« D'homicide. »

Le silence se fait autour de la table, mais il ne dure pas. Il n'y a pas grand-chose qui puisse faire taire Rosalía, et elle ne manque jamais une occasion de faire étalage de son pouvoir.

« Sole, si tu ne manges pas ton yaourt donne-le à Dési, dit-elle en flanquant un coup de coude à la dénommée Sole, qui est sa belle-fille et qui est enceinte. – Elle va avoir une fille, la quatrième. – Si tout va bien ce printemps elle sera transférée au module des mères… »

Mieux vaut ne pas mettre les pieds dans la cour aujourd'hui. Vu l'attention suscitée au réfectoire, et pour éviter les complications, Dési se décide pour la machine à café du sous-sol, près du salon de coiffure, car en général il y a moins de monde et il est plus facile de garder ses distances. Et c'est raté, elle se rend compte qu'il est déjà trop tard.

La queue est imposante et gueularde. Une lourdingue fait des cafés pour un module entier. Le salon de coiffure bondé parce que demain c'est jour de visites et qu'elles veulent toutes être belles. Les tarifs hurlés. *Cinq euros le shampooing et la coupe, huit la teinture, vingt la kératine!* La sono appelle à l'infirmerie et Isabel Pantoja jaillit des haut-parleurs, si pourris qu'ils blessent l'oreille et attaquent les nerfs. *Ce voilier chargé de rêves a traversé la baie, et m'a laissée ce soir-là, agitant mon mouchoir, assise sur le rivage…* À la porte, Silvana se dispute avec une cliente marocaine. Si elle s'est fait un *brushing* qui lui a coûté un œil, ce n'est pas pour que maintenant elle se mette ce foulard, lui dit-elle, en passant en revue du regard ses potentielles clientes dans la queue.

« N'hésitez pas, il est encore temps de faire des miracles… ! – Mains dans les poches de sa blouse blanche, à l'aise, dans son fief. – La manucure pour deux euros et un Coca light, c'est bon ? »

Trois filles dans la queue lèvent le doigt, intéressées par cette offre. Il y a des bousculades, des accusations et des semblants de disputes. Rien qui puisse attirer l'attention de Silvana, qui n'a d'yeux que pour Dési, qu'elle a découverte bien à l'abri entre deux squatteuses.

« Pour toi c'est gratuit, lui dit-elle, si tu me dis comment cette histoire finit.

— Non.

— Non ? Comme ça, non et c'est tout ?

— Non, merci. »

Bien qu'elle soit plus petite que Dési et à peu près de son âge, et même si elle parle comme Cendrillon, Silvana l'a toujours un peu intimidée ; surtout quand elle la regarde sans ciller en mâchant son chewing-gum avec véhémence, en faisant bien claquer ses mâchoires.

« Comme tu voudras, finit-elle par dire. – Silvana sait faire des bulles et les faire exploser bouche fermée. C'est une virtuose du chewing-gum. – Ah, au fait, Julia te cherche depuis un moment. Elle est intéressée par le livre avec lequel ton archi-ennemie a gagné le concours de la radio, et elle a pensé que j'aurais pu en mémoriser des passages. Mais je ne me souviens que du début. Qui es-tu ? Je suis l'homme qui devait se marier avec la fille que tu n'aurais pas choisie… Voilà. Quelque chose à propos d'un chemin et d'un puits… »

Dans la queue devant l'infirmerie elle doit encore esquiver deux autres claques, rire sans envie et décliner une proposition sexuelle explicite, humblement, sans froisser personne, ainsi qu'une invitation au programme du jour à l'atelier radio, en qualité d'artiste révélation.

Non ? Non et c'est tout ? Et pourquoi non ? Mais le règlement de l'émission garantit l'anonymat total, on ne donne aucun renseignement personnel et on n'utilise que des surnoms, on ne parle pratiquement pas de peines ni de condamnations, et en plus tu as droit à un thé et un croissant…

Non, je te dis, merci.

Elle tente ensuite d'adoucir le cœur de l'infirmière en lui racontant qu'elle a mangé avidement, trop et trop vite, et que maintenant elle a des lourdeurs d'estomac et de l'acidité et croit que le milligramme et demi de Lexatin ne lui suffira pas pour se traîner péniblement jusqu'au soir… Mais l'infirmière lui a déjà donné un Almax contre l'indigestion. Elle ne peut pas doubler sa dose de bromazepan sans ordonnance du psychiatre à sa prochaine visite, elle le lui a déjà dit.

La prochaine visite sonne comme un futur lointain. Elle pourrait mendier à l'infirmerie, où d'après sa camarade de cellule il y avait une sœur large d'esprit, mais elle n'en a ni l'énergie ni la volonté.

Demander la permission et attendre que s'ouvrent et se referment des portes automatiques et pas automatiques, suivre des couloirs et monter et descendre et demander la permission et de nouveau attendre et suivre d'autres couloirs… Arriver jusqu'à là-bas prend du temps. Et même si *temps* est un concept abstrait depuis qu'elle est privée de liberté, quand la seule chose qu'elle ait, c'est précisément du *temps*, elle court toujours le risque d'oublier où elle va et ce qu'elle est allée chercher. Ou, pire encore, de croiser une camarade de l'atelier et de devoir faire face à ses attentes.

Mais la patience artificielle a elle aussi ses limites, et donc peut-être que le moins risqué est de retourner en cellule et de négocier avec Nati un demi-relaxant musculaire, et en échange lui faire son lit jusqu'à ce qu'on lui ôte son bandage, ou l'aider à faire ses fichus mots croisés.

5

Nati s'est inscrite au cours de zumba et le premier jour elle a glissé et le ligament croisé de son genou gauche s'est rompu. Cela avait été une chute complètement idiote, une glissade accidentelle due à son mauvais sens du rythme et à son énergie incontrôlée ; du moins d'après les témoignages des personnes qui étaient ce jour-là au gymnase, devant le miroir en pied où elles se mesurent les unes les autres, avant, pendant et après le cours.

D'après Nati, elles mentent toutes parce qu'elles sont *toutes* des *grues menteuses*, et elles lui ont joué un sale tour. Elles l'ont prise en grippe parce que les fonctionnaires lui font confiance, la consultent sur certaines choses et écoutent ce qu'elle a à leur dire, alors qu'ils fuient la plupart des autres ou se débarrassent d'elles comme ils peuvent quand elles les poursuivent à grands cris dans les couloirs.

Dans sa version des faits, il n'y a pas eu de *glissade* ; bien qu'elle reconnaisse qu'elle est gauche, et qu'elle s'est peut-être trop excitée avec la musique. Ce qu'il y a eu, en revanche, c'est un échange de regards hostiles dans la glace, un pied égaré qui n'aurait pas dû se trouver là, une sale moucharde soufflée sur sa nuque, une monitrice distraite et, surtout, beaucoup de saloperie et beaucoup d'envie.

Mais elle n'avait pas pu le prouver. Et bien qu'elle admette que ce n'était pas une chute trop spectaculaire et qu'elle se vante, même, d'avoir pu placer correctement son corps et se protéger avec les mains, sa jambe a subi une torsion bizarre. Dès qu'elle avait entendu le craquement, elle avait compris qu'elle était déglinguée.

À quelques mètres de distance, dans la salle 3, le tour de Maica venait de commencer. Elle était en train de lire à voix haute et monotone, debout, au centre de la classe surchauffée parce que dehors il pleuvait et que Julia n'avait pas voulu ouvrir la fenêtre. *Pas un mouvement*, dit-elle quand le chahut éclata dans le couloir et que plusieurs filles voulurent se lever pour bavarder. Elle avait l'air plus pâle et plus sérieuse que d'habitude, depuis que le débat de Rosalía avait mis son autorité et sa patience à l'épreuve, mais elle avait l'œil à tout. *Continue,*

Maica. Rosalía, la ferme. Les autres, attentives. Dési, quand on aura terminé attends un moment, je veux te parler…

Elle n'était pas encore sûre de vouloir ni de pouvoir le faire ? Elle n'avait même pas commencé à écrire ? Mais comment était-il possible qu'elle ne se soit pas encore *lancée* ? Qu'attendait-elle ? Voilà ce que Julia lui avait demandé ce lundi matin (ou vendredi, Dési ne peut pas le préciser), vers la moitié du mois précédent, quand la sonnerie avait retenti et qu'elles étaient toutes sorties en trombe de la classe. Elle n'avait appris l'accident de Nati que l'après-midi, en revenant du réfectoire, quand elle l'avait trouvée en train de se disputer (…*grues menteuses*…) et se plaignant d'avoir mal au genou, un genou enflé, tout rouge et tuméfié sous l'effet de la glace. Quelques jours plus tard, on l'avait hospitalisée et opérée.

L'OMS venait juste de déclarer l'alerte mondiale au virus Ebola, et tout le monde était très énervé. Deux missionnaires morts, une infirmière contaminée dans un hôpital de Madrid, son chien sacrifié sur ordre de justice. Dési avait suivi l'évolution du cas le cœur serré, elle s'identifiait émotionnellement à l'infirmière isolée à qui personne n'avait encore annoncé le sacrifice de son animal. Et le dernier dimanche d'octobre, quand pour la première fois depuis qu'elle était en préventive elle avait dû passer sa nuit seule, elle l'avait passée tout entière à pleurer à cause du chien ; une heure de plus à cause du passage à l'heure d'hiver.

Mais elle n'a plus repleuré depuis lors, et elle n'en a parlé à personne, parce que personne ne le comprendrait. Pas même à Nati, qui, une fois de retour à la prison, et après cinq jours à l'infirmerie (un kilo par jour), poursuit sa convalescence dans sa cellule, à regarder la télé ou à se battre avec ses mots croisés, par recommandation médicale, à cause de ses problèmes de concentration.

Nati a une blessure à la tête, une cicatrice rose sous ses cheveux grisonnants, toujours coupés ras. Ce sont des séquelles d'un ancien accident dont Dési ne sait pas grand-chose, et ne veut rien savoir. Connaître son histoire ne l'intéresse pas, ni apprendre quelle mauvaise étoile l'a menée jusqu'ici, ni pourquoi ses trois filles ne viennent pas la voir, des filles dont elle ne parle jamais et dont elle cache jalousement la photo au fond de son casier.

Dési ne l'a vue qu'une fois, un jour qu'elle y cherchait une compresse, mais elle s'en souvient fort bien. Un Polaroid décoloré où l'on voit trois filles blondes qui posent, l'air très sérieuses et méfiantes, sans doute obligées pour l'occasion, devant l'entrée d'un immeuble. Bellvitge, 2007. Pas de signature, pas de message d'affection ou de bon courage. Rien d'autre qu'une dernière image à emporter en souvenir, même si c'est de force.

Quoi qu'il en soit, c'est la seule photo qu'on puisse trouver sur toute la longueur et la largeur (3 m × 4 m) de la cellule numéro 2, connue aussi comme *Chez Nati*, une des plus convoitées du module résidentiel, en dépit de ses dimensions réduites et du fait qu'elle n'ait pas de bac à douche, parce qu'elle n'a que deux couchettes superposées au lieu des quatre ou six habituelles. Outre une table et deux chaises en plastique, une cuvette W.-C., un petit lavabo à glace en plastique, et une télé en piteux état, un ancien modèle Telefunken pour lequel Dési donne une partie de son pécule sans murmurer.

C'est sa façon de répondre à l'hospitalité de Nati, la patronne, selon une loi taulière non écrite. À sa générosité à l'heure de partager tel ou tel de ses privilèges comme détenue de confiance ; et pourquoi pas, aussi à la méfiance que ces privilèges engendrent chez les autres recluses, à ces jalousies et ces antipathies qui les maintiennent convenablement éloignées de la cellule numéro 2, de sa contestée de patronne et de sa locataire réservée.

« D'accord. Un demi-Myolastan et tu me fais mon lit jusqu'à ce qu'on m'enlève mon bandage. Et pour les mots croisés, qu'ils aillent se faire foutre. »

La négociation a été plus facile qu'on pouvait l'attendre. Nati n'a fait aucune difficulté et n'a mis aucune condition au marché parce que, a-t-elle dit, elle n'a presque plus mal et que ces comprimés lui donnent faim. Elle est allongée sur la couchette du bas, et mange des pistaches la bouche ouverte. Sa main agrippée à la télécommande de la télé. Sur l'écran, des images d'archives d'une propriété d'élevage sur fond musical. *Le feu est allumé, le bois brûle.*

« Qu'est-ce que tu en dis, hier c'est la duchesse d'Albe qui claque et aujourd'hui la Pantoja au trou… Le pied, non ? »

Dési ne répond pas. Elle est en train de se brosser les dents et a la bouche pleine de mousse. D'ailleurs elle ne saurait quoi dire au sujet de ce qui a été la nouvelle du jour, d'après Nati, en plus de cette étrange histoire dont on vient de parler à l'instant à Radio Chévere, d'une fille qui disparaît à la place d'une autre et…

« … et là je n'ai plus suivi. Quand elles parlent toutes en même temps on se croirait dans un poulailler… Ça a l'air de l'œuvre d'une détenue de votre atelier d'écriture, du moins c'est ce que j'ai cru comprendre, une certaine *Pénuries*, ça te dit quelque chose ? »

Dési se rince la bouche et se gargarise avec un collutoire ; parfois, quand elle dort, elle serre si fort son attelle qu'elle se fait des plaies.

« Elles sont toujours un peu vaches avec les surnoms… »

Nati est convaincue que cette fois le surnom a été une idée de Rosalía, qui était aujourd'hui artiste invitée et qu'elle a tout de suite reconnue à sa voix. Et est-ce qu'elle n'a pas eu le culot de s'inscrire à l'atelier d'écriture, cette Gitane ? Quelle idée, elle ne sait même faire un *o* avec un joint…

« Tu peux le lui dire de ma part, la prochaine fois que tu la verras. Et que les leggings qu'elle m'a vendus sont une vraie merde… »

Dési se met en pyjama, avale son comprimé et s'assied pour en attendre l'effet en même temps que le comptage du soir. Il lui tarde terriblement de tenir la journée pour terminée. La nuit tombe ponctuellement à 22 heures, quand la lumière s'éteint.

Elle rêve de son père. Elle le voit qui l'attend au parloir, avec un bonnet de Père Noël, entouré de détenues hystériques dans leur désir de voir la frimousse du bébé qui est pendu à son cou, endormi dans son sac.

Qu'il est mignooon… Dieu te béniiisse… Il est pour Désiii ?

Le père, tout fier, fait non de la tête et dit : *Il est de Yési.*

Le bébé a une fossette au menton.

Et soudain elle court à grandes enjambées, flottant presque, dans les couloirs et les galeries. C'est un rêve récurrent depuis qu'elle est derrière les barreaux, peut-être parce que c'est absolument interdit. *Personne ne court dans les couloirs, même pas l'air... !* Un rêve qu'elle reconnaît et qu'elle est capable de manipuler à volonté, comme un jeu vidéo dans lequel elle dirige un bateau léger et invisible, qui fait des tours et des tours dans un labyrinthe sans sortie possible.

Mais cette fois quelque chose cloche, elle n'arrive pas à trouver les commandes, ses pieds ne décollent pas du sol, elle ne se sent pas si légère ni si invisible... *Erreur dans le système...* Dans l'obscurité, des centaines d'yeux l'observent.

6

À 8 heures du matin elle fait les lits avec son attelle encore fermement encastrée dans ses gencives, sans répondre aux indications ni aux piques de Nati dans son dos, appuyée sur ses béquilles, ni au salut du fonctionnaire du week-end.

Bonjour, comptage.

À 9 heures au réfectoire, à ronger des madeleines devant son café au lait, rassemblant son courage pour la corvée qui l'attend déjà au parloir. Son père, tel qu'elle l'a vu cette nuit mais sans le bonnet de Noël ni le bébé, et beaucoup plus tendu, mal à l'aise, un peu perdu. Son père parmi les autres parents de détenus avec lesquels il s'est trouvé dans le vestibule, avec lesquels il a passé les contrôles de sécurité, le sas de l'entrée et la fouille. Son père qui l'attend derrière la vitre, sourcils froncés et avec *quelque chose d'important* à dire; quelque chose qu'elle sait parce que sa mère le lui a dit. Que, comme elle s'est si mal conduite cette année, le Père Noël va lui apporter un petit frère du côté de son père. Qu'à vingt-trois ans, dans l'attente d'une sentence pour un délit d'homicide consenti, son règne de fille unique touche à sa fin, de façon imminente et irrévocable.

Désirée Ribó, au parloir.

À 10 heures elle continue à ne rien ressentir, à ne savoir quoi ressentir. Sans écouter le haut-parleur et ses appels répétés au parloir, elle traîne dans les couloirs pour tuer le temps. Elle connaît chaque centimètre carré des lieux et peut s'orienter de façon automatique, l'esprit vide et même les yeux fermés. Ça lui réussit assez bien, mais elle ne peut pas s'en vanter parce que c'est une habilité secrète et, si elle le faisait, elle perdrait aussitôt tout son pouvoir, comme un tour de magie. Et elle ne pourrait plus aller et venir sans attirer l'attention de personne, ni profiter de la confusion de n'importe quelle rixe, de n'importe quelle bagarre soudaine et passagère, pour se dissoudre dans le tumulte et observer sans être observée, ce qui est son occupation quand elle s'ennuie. Si elle se fatigue, il lui suffit de rejoindre n'importe quelle queue, il y en a toujours, et il y a toujours une histoire à écouter.

À 11 heures elle tombe sur le groupe de détenues sur leur trente-et-un qui attendent le transfert à la prison Modelo pour le parloir intime du samedi. Toutes sont passées par le salon de coiffure de Silvana et sentent la laque et le parfum bon marché. C'est la même odeur intense, entêtante, qui lui est tombée dessus il y a un instant dans le couloir du fond, comme elle passait pour la troisième fois derrière la messagerie, et dont la traînée l'a amenée jusqu'ici, jusqu'au vestibule principal, où on a maintenant du mal à la distinguer dans le tumulte, et ce bien que les haut-parleurs continuent à l'appeler par son prénom et son nom.

Désirée Ribó, au parloir.

Certaines des femmes forment un groupe pour en consoler une qui pleure. Une d'entre elles lit à une autre les lignes de la main, et toutes deux rient aux éclats. Plusieurs tapent sur les barreaux pour protester contre le retard de la *yaourtière*, le fourgon de police dans lequel elles sont transférées pour un peu plus d'une heure et demie d'amour (ou similaire) derrière une porte fermée à clé. *Je vois une capote déchirée, et je vois des jumeaux… Arrête tes conneries!… Tu as encore dix jours pour faire appel, parle à ton avocat… Si tu continues à pleurer ton maquillage va être foutu… Je crève de faim!… Eh, eh, Dési… Ce n'est pas Dési, celle-là?… Ça fait je ne sais combien de fois qu'on l'appelle au parloir.*

Dans le couloir contigu au module des mères elle ralentit un peu le pas pour écouter les voix des enfants. Elle ne ressent rien non plus, mais maintenant son esprit n'est plus vide, il contient une image. C'est un souvenir d'enfance. Elle est assise dans la fourgonnette scolaire, et regarde par la fenêtre. Ses pieds ne touchent pas le sol. Yési est à côté d'elle, elle chante (une rumba, dans la fourgonnette de M. Ramón on n'entendait que ça), comme tous les autres. À l'extérieur, ce ne sont que coups de klaxon et sirènes d'ambulance. Il y a eu un accident, ils ont dû modifier leur itinéraire habituel, et ça fait un moment qu'ils sont arrêtés à un feu rouge. C'est alors qu'elle voit le groupe de femmes menottées qui sortent d'un fourgon et entrent dans la prison Modelo, en file indienne; mais alors elle ne sait pas que c'est (ni *ce qu'est*) la prison Modelo.

Elle ne trouve pas refuge non plus à la bibliothèque. Deux squatteuses font des gammes à la guitare et quatre Gitanes en survêtement se disputent le journal. À la une, un gros titre drastique : *(Finie la copla)* au-dessus de la photo d'une chanteuse populaire tombée en disgrâce, décomposée derrière ses lunettes de soleil ; vingt-quatre heures derrière les barreaux et on l'a accusée de recevoir un traitement de faveur, en plus de lui avoir volé sa petite culotte.

« La pauvre ?... Mais il paraît que la directrice l'a accueillie à la porte et lui a montré les installations comme si on était au Marina d'Or...

— À moi non plus elle ne me fait pas pitié, avec sa cellule repeinte à neuf et sa télé à écran plasma...

— Eh bien à moi si. Ah là là, si je pouvais être à Alcalá de Guadaira...

— Et toi, Dési, tu en penses quoi ?

— Eh, Dési... c'est une lettre pour ton jules, celui de Cornellà ?

— *Mon âme est amoureuse, amoureuse.* »

Penchée sur un morceau de papier, Dési fait semblant d'écrire quelque chose ; bien que son stylo-bille n'ait plus d'encre et que ses crayons soient épointés, et elle commence à s'énerver.

« Fichez-lui la paix... Vous ne voyez pas qu'elle a besoin de se concentrer ? »

C'est Maica qui revient, un peu aphone d'avoir parlé avec sa famille, mais très motivée, et qui s'assied en face d'elle, coudes sur la table et poings sous le menton.

« Qu'est-ce que tu fais ?

— Rien.

— Rien, mais tu écris… Qu'est-ce que tu écris ?

— Une lettre à mon père.

— Ah. Dommage. – Elle a l'air déçue, jusqu'au moment où brusquement elle remarque quelque chose qui lui rend son sourire ; ce sourire coquet qu'elle cache toujours derrière sa main parce qu'il lui manque une canine. – Ton père, ce n'est pas ce type à queue-de-cheval qui t'attend depuis un moment au parloir… »

Dési ne dit ni oui ni non. Qu'il attende, marmonne-t-elle entre ses dents. Ou alors qu'il revienne à Noël avec la poussette.

« Eh bien il est sexy, dis donc. Ma cousine dit qu'il ressemble comme deux gouttes d'eau à Nicolas Cage, mais moi ce type je le trouve moche… J'aime bien mieux ton père. Il est toujours séparé, non ? »

À 18 heures, à son poste, elle frotte le linoléum abîmé des couloirs et des galeries pendant deux heures, avec désespoir, comme s'il n'y avait pas de lendemain, comme si c'était vraiment la dernière fois, bien que ce soit encore et toujours la même.

En fait, il n'y a que deux mois qu'elle a obtenu ce poste, grâce à Nati, qui fait la même chose dans les bureaux des fonctionnaires. Elle aime bien ça parce que ça brûle une bonne quantité de calories et de déprime ; et parce que c'est sa seule façon d'échapper aux activités sportives en groupe, où il y a toujours des rivalités et des disputes et où elle court le risque de recevoir un coup de pied. Elle aime particulièrement la brigade du samedi après-midi, parce qu'elles s'éparpillent dans les couloirs, synchronisées mais chacune à sa guise, et avec un peu de chance elle ne les revoit que deux heures plus tard, quand elle a tout brûlé.

La pression accumulée tout au long de la journée. La mauvaise conscience d'avoir laissé son père en plan au parloir. Le repentir d'avoir lu son exercice à voix haute, d'avoir ouvert cette porte et d'être incapable maintenant de se débrouiller avec les attentes. L'épuisement des épisodes subis au réfectoire et au salon de coiffure, dans la queue devant l'infirmerie et à la bibliothèque. Les enfermements qui ne mènent qu'à Yési et la crainte, la crainte surtout, que son ombre allongée et funèbre ne s'ouvre un passage jusqu'à elle, n'envahisse de nouveau son espace, ne s'étale et ne s'approprie tout…

« On te cherchait. »

Ce sont deux détenues, au bout du couloir, qui se tiennent par la main. Toutes deux en chemise de nuit et cheveux mouillés. Sous la lumière triste du néon elles ont l'air pâles, chétives, inquiétantes comme les jumelles d'un film qui l'avait terrorisée jadis. Et, bien qu'elle les ait reconnues et situées (à l'atelier, toujours près de Maica, toujours chatouilleuses et un peu acariâtres, quoique inoffensives), elles lui ont fait terriblement peur et elle regarde derrière elle, en quête de la camarade qu'elle a vue il y a un instant accroupie en train de frotter le sol, en montrant son string fuchsia et un tatouage sur les lombaires. Mais il n'y a plus personne.

« Ne fais pas cette tête, voyons, dit l'une. On veut seulement la photo de Pablo Alborán.

— Pour Maica », dit l'autre.

Et elles s'approchent, ruisselantes d'eau. Il se trouve que lundi prochain elles feront à Maica des adieux surprise à l'atelier, si toutefois on la met dehors la semaine qui vient, et elles ont pensé lui faire un super montage avec la photo, parce que le chanteur de Málaga semble faire partie de ses plans. Elles ont aussi obtenu des trucs à picorer et quelques Red Bull à mélanger avec du Spidifen. Ce sera drôle. Non ? Comment ça, non ? Pourquoi non ?

À 21 heures dans sa cellule, en sécurité, physiquement et mentalement exténuée mais en sécurité, bien qu'elle ait croisé la patronne sur le pied de guerre. L'intrusion d'une Gitane enceinte dans ses domaines, avec un message de la *môme* Rosalía pour Dési, a perturbé Nati au point de la mettre en marche. De la table à la fenêtre, de la couchette au casier, heurtant tout avec ses béquilles…

« … elle demande si tu peux venir un petit moment pour parler affaires. Mais de quelles affaires, je lui ai dit, Rosalía ment comme un arracheur de dents… Tu savais qu'elle a vendu la même maison deux fois ? Tu savais qu'elle n'était même pas à elle ? Et elle dit qu'elle ne s'en est pas rendu compte, quel baratin… – Les voix de Nati et de Rosalía se mélangent dans l'esprit de Dési, tandis qu'elle se frotte le corps avec une serviette humide car elle n'a pas eu le courage de passer aux douches communes. – Et que me dis-tu de la dernière crise qu'elle a eue… Elle s'est jetée par terre comme un paquet, cette idiote… Et est-ce qu'elle n'a pas perdu une boucle d'oreille et l'a ramassée comme en passant ? Elle est terrible tu sais, elle mériterait le Goya, mais un de ces jours elle va avoir un gros problème et personne n'en reviendra… À l'infirmerie elle a même saigné du nez, mieux vaut que tu ne me demandes pas comment, et même si elle n'a obtenu ne serait-ce qu'un foutu Gelocatil, ne crois pas qu'elle soit repartie les mains vides, non, pendant le moment qu'elle y a passé elle m'a fourgué ces leggings…

Dési s'est mise en pyjama, elle a avalé ses comprimés et elle est assise, en attendant qu'ils fassent effet, le comptage du soir et ce qui suivra. Dans le meilleur des cas, piloter un navire invisible dans les couloirs. Dans le pire, le fantôme de ce Noël imminent, son père avec le bébé accroché sur le ventre.

Quoi qu'il en soit, un jour de plus. Ou un jour de moins.

« Ça te gêne si je laisse la télé ?

— Ça ne me gêne pas.

— Tu préfères ça ou *Ce qui approche* ?

— Ça m'est égal.

— Ne te vexe pas, mais tu es foutrement bizarre.

— Je ne me vexe pas. »

7

Noël 2005. La boutique à son apogée. On fête son dixième anniversaire et les clientes sont reçues avec une coupe de cava et des parts de billet de loterie, du même numéro que chaque année. Il y a des enchères de travaux en coton perlé (petits chaussons, bodies, grenouillères, gigoteuses) et concert de chants de Noël par les plus petits. Mais le plat de résistance de la soirée est Yési. Yesica Lugano qui joue au violoncelle une berceuse qu'elle a composée pour Lisetta, sa première petite sœur, laquelle aura deux mois de vie à la fin de l'année, comme l'infante Leonor. Elles sont nées le même jour, chose qui a engendré dans la boutique une sorte de délire collectif, comme si on avait enfin touché le gros lot. Bouchons sautant en l'air, femmes criant *le bonheur, le bonheur*, bébés pleurant.

Pendant tout ce temps, Yési et Dési ont à peine parlé. Yési a dit qu'on l'avait sélectionnée pour une pub *de*, Dési a répondu qu'elle le savait déjà et a détourné son visage. Pendant ce numéro exceptionnel elle a filé pour ne pas être obligée de la regarder, pour ne pas devoir penser à elle en train de jouer du violoncelle. Et dans l'arrière-boutique, en se bouchant les oreilles avec les mains, elle a pris une décision capricieuse mais ferme. Elle veut une sœur, et elle la veut *tout de suite*.

Mai 2008. Samedi soir. Un groupe d'adolescentes à classeurs se réunit chez Yési pour soutenir Rodolfo Chikilicuatre lors de son passage à l'Eurovision. Elles ont pris ça très au sérieux. Ce n'est pas la première fois qu'un freak représente l'Espagne à l'Eurovision, mais c'est bien la première fois que tout le monde semble en avoir conscience. Sa photo collée sur leurs classeurs, avec celles des idoles de service, témoigne de l'importance historique du moment. On a même installé un écran géant sur une place du quartier. Mais les parents de Yési sont sortis et elle doit s'occuper de ses petites sœurs; Lisetta, un petit monstre en costume de fée qui réclame en permanence son attention, et Anna, un bébé compact en permanence encastré sur sa hanche. L'ambiance est lourde et les ados conspirent pour déserter. Leur hôtesse trop occupée, son corsage maculé de bave et de restes de bouillie. La maison bruyante et en désordre. Ça sent le caca. Si elles se dépêchent, elles pourront arriver à temps sur la place pour les votes…

Pendant ce temps, Yési et Dési ont à peine échangé un mot. Yési a dit qu'elle a gagné deux billets pour un concert *de*, Dési a répondu qu'elle le sait, puis elle est partie avec les autres. Tout en courant dans les rues du quartier, dans le sillage du troupeau, elle a décidé qu'elle n'a plus besoin de frères ni de sœurs, et que lorsqu'elle reverra Yési elle le lui dira, pour se réaffirmer, pour se délecter de ses avantages de fille unique. Elle lui dira que, grâce à elle, trois ans de fureur fraternelle se sont volatilisés comme par magie.

Mais elle ne la reverra pas.

Rodolfo Chikilicuatre finit à la seizième place, la quatrième avant la dernière, avec 55 points. Yési disparaît une semaine plus tard. Elle se volatilise comme par magie.

Bonjour, comptage.

Et c'est dimanche, sans beaucoup de perspectives. Le jour le plus lent et le plus conflictuel de la semaine commence comme tous les autres, avec le comptage à l'aube suivi du petit déjeuner. Ensuite, comme il n'y a ni affectation ni ateliers, le temps commence à se dilater peu à peu et chacune doit le tuer comme elle le peut, bien ou mal.

En flemmardant dans la cellule, par exemple. Ou en déambulant dans les couloirs, très fréquentés, luisants mais baignant dans une mauvaise odeur, réverbérant comme ceux d'un lycée ; confidences, éclats de rire, jurons, quelques gifles. En faisant la queue à l'infirmerie, à la distribution de méthadone, ou bien au distributeur où la poire de service fait un café après l'autre, parmi les moqueries et les vexations des plus impatientes. Ou en formant de petits groupes avec les plus débrouillardes, à échanger des préservatifs contre du café ou du tabac, des serviettes hygiéniques contre des cartes téléphoniques : celles qui n'ont besoin ni de serviettes ni de préservatifs font leur beurre, celles qui n'ont pas de biens proposent des services.

Causette au gymnase. Causette à la buanderie. Causette dans la salle des actes, qui tous les midis et tous les soirs se transforme en réfectoire, le matin des jours fériés en salle de jeux, de cinéma le dimanche après-midi. Aujourd'hui, les éducateurs ont programmé *Big Mamma 2*. À la même heure les détenues ont programmé une manifestation contre ce qu'elles considèrent comme une *torture psychologique*. Les deux annonces sont punaisées sur le panneau depuis hier matin, l'une à côté de l'autre.

Ou en traficotant dans la salle 3, où le lundi et le vendredi il y a écriture créative, le mardi et le jeudi informatique, le mercredi initiation à la guitare, et où le samedi matin se réunissent les responsables du module, et l'après-midi celles de la revue. Ou à la messe, en priant avec recueillement pour la paix dans le monde, ou pour la mort violente de son pire ennemi, ou pour quoi que ce soit. Ou en chantant à pleins poumons au culte évangéliste, dans la salle 2, où le mardi et le jeudi il y a cours de catalan, le mercredi et le vendredi art-thérapie, parfois le samedi on organise une fête, tous les dimanches un marché aux puces solidaire. Aujourd'hui, des volontaires de l'aumônerie du centre et des missionnaires de la charité distribuent des vêtements de seconde main aux prisonnières étrangères qui ne reçoivent pas de visites et qu'elles hébergeront un jour lors de leurs permissions.

Ou en prenant le soleil dans la cour, où pendent encore quelques lampions de la fête de la Mercè, patronne de la ville et des prisons. Des lampions chinois trafiqués par les détenues du programme méthadone, qui ont changé leur dénomination d'origine en *(Made in taule)* : la plaisanterie leur a coûté un rapport disciplinaire. Elles ont passé leur jour de fête à l'isolement, mais elles ont coupé aux événements institutionnels ennuyeux organisés par la direction générale, avec assistance obligatoire.

À jouer au volley ou au basket, récidivistes contre primaires, préventives contre condamnées, natives contre étrangères, jeunes contre anciennes. Ou à se promener bras dessus bras dessous autour du terrain de ciment, en complotant. Ou à régler ses comptes à l'économat, tout en se tenant au courant de ce qui se passe à l'intérieur et à l'extérieur, avec pour fond sonore la radio perpétuelle… *Aujourd'hui je veux avouer que je suis un peu fatiguée, de porter cette épine si lourde…* Le cancan principal est toujours le malheur de la Pantoja et le mystère de sa petite culotte volée, mais le suit de très près l'étrange affaire de la dénommée Pénuries, dont Josefa, la fille de l'économat, a déjà entendu parler. Dési la Pénuries… ? La protégée de Nati, celle qui a l'air idiote ? D'homicide ?… Ben oui, elle est bien bizarre… Il paraît qu'hier elle a laissé son père poireauter pour rien au parloir… Il paraît qu'aujourd'hui on ne l'a pas vue de la journée…

Et elles regardent vers le haut, une main en visière pour se protéger du soleil aveuglant de l'après-midi. Elles cherchent l'*oiseau rare* reclus dans sa cage. Doublement recluse.

Dési fait un pas en arrière et trébuche contre les béquilles de Nati, appuyées contre la fenêtre. En tombant elle se tord le poignet, et elle a une plaie à la bouche parce que hier soir elle a cassé son appareil en deux. Le rêve qu'elle a fait s'est cassé en deux moitiés lui aussi, tant il était long et fragile ; dans l'une elle décidait qu'elle voulait des frères et sœurs *tout de suite*, et dans l'autre qu'elle n'en voulait *plus*, et dans les deux apparaissait Yési. Le fait est que son appareil n'a pas résisté. Elle a passé une bonne partie de la journée à essayer de le réparer, tout en écoutant le temps passer autour d'elle, et une partie de l'après-midi à regarder par la fenêtre l'agitation dans la cour, jusqu'au moment où on l'a découverte. Le cercle se réduit.

« Tu as mal ? » demande Nati.

Dési dit que non, mais en se relevant elle ne se sent pas bien et s'agrippe plusieurs secondes à la couchette pour ne pas retomber.

« Eh bien moi ma tête va éclater avec ce truc… Mélangé, sa maison est dans son nom. En cinq lettres. Et merde. »

Nati bataille en silence depuis des heures avec ses mots croisés, sans l'importuner avec des sermons ni des conseils obsolètes avec lesquels elle la harcèle depuis qu'elle croit son territoire menacé. *Ne réponds pas à la provocation. Ne te laisse pas embobiner. Fais-toi respecter.*

« *Chien*, dit Dési, reconnaissante. Parce qu'en mélangeant les lettres ça donne *niche*. »

Nati enfonce son menton dans son cou pour la regarder par-dessus ses lunettes de lecture. Puis elle suce la pointe de son crayon et remplit les cases blanches.

« Ben ça alors, putain, s'étonne-t-elle.

— Aucun mérite, Nati. Ça sort toujours.

— Toujours ? Alors comme ça tu en as fait plusieurs et tu ne t'es pas proposée jusqu'à aujourd'hui… Quelle vache tu fais. »

La lumière baisse, bien qu'il ne soit encore que 17 h 30. Déjà on entend l'agitation qui vient du réfectoire et qui se propage dans les couloirs comme un rouleau compresseur. Ce sont le film et la manifestation, qui viennent de commencer, à l'unisson ; mais Dési n'a pas l'intention de sortir de la cellule, ni de descendre dîner, si besoin elle prétendra qu'elle a mal au cœur.

« Préfère la ruse à la force. Neuf lettres, la deuxième est un *r* et la quatrième un *g*. Ça finit en *s*.

— Aragonais.

— Aragonais ! »

Nati a trouvé ça très drôle. Dési ne sait pas pourquoi et elle ne le lui demande pas. Faute de mieux à faire, elle range son casier. Elle déplie et replie ses vêtements. Elle range ses produits d'hygiène, du plus petit au plus grand. Elle ne sait quoi faire des deux demandes de préadmission à l'Uned, ni de son lot de masques pour dormir, *originaux et pratiques*, d'après sa mère, offert par ses clientes. À vrai dire, elle n'y a même pas fait attention quand le fonctionnaire a ouvert le paquet en sa présence, il y a de cela quelques jours (ou années, ou siècles). Elle n'y a pas fait attention parce qu'elle avait honte, même si elle ne savait trop pourquoi et qu'elle ne se posait pas la question.

En satin blanc, on y voit, tricotés au crochet, des yeux de toutes les formes et de toutes les couleurs. Yeux noirs, gris, dorés, violets, yeux bleu turquoise et vert émeraude, un œil de chaque couleur, yeux bridés, myopes, bigles, globuleux, et même des yeux fermés.

8

En ce moment même, loin d'ici, mais alors là, très très loin, à des centaines de millions de kilomètres, un robot solitaire parcourt la surface de Mars en jaugeant ses capacités passées et présentes d'abriter la vie. C'est sa mission, et c'est pour ça que depuis un peu plus de trois ans il collecte des données sur le terrain et envoie des informations pour les futurs colons. Il perfore des roches, recueille des échantillons, mesure les gaz dans l'atmosphère, évalue les niveaux de radiation des ultraviolets, bref, tout ce que peut faire *Curiosity*... En fait, Dési n'en a pas la moindre idée, mais elle aime bien l'imaginer comme ça. Lent et méticuleux (apparemment, en trois ans, il n'a parcouru que cinq kilomètres), explorant la planète rouge centimètre à centimètre, *fouinant*, en définitive, avant que les pionniers n'arrivent et que tout soit foutu. Comme si elle le voyait. Ils construiront une station spatiale, dicteront lois et normes de cohabitation, un ordre et une hiérarchie s'imposeront, de petits groupes se formeront et il y aura des rivalités, des idylles, des crises, des coups de poignard dans le dos et même des bagarres. Et ils témoigneront de tout cela dans leurs journaux de bord, ou sur les murs de leurs habitacles construits en 3D avec des matériaux biodégradables, ou derrière les portes de W.-C. chimiques, ou graveront sur les roches volcaniques, n'importe où et n'importe comment, les messages habituels. Messages de paix, messages de guerre, appels au secours, déclarations d'amour…

« Je peux ? »

Rosalía debout devant la porte, dont elle bouche presque entièrement le cadre. Elle sait que Dési n'est pas passée aux douches aujourd'hui non plus (on le lui a dit), elle n'a pas vu le film (de la *merde en barre*) et n'est pas descendue dîner (encore du poisson). Elle sait tout cela et, plus intriguée que préoccupée, elle jette des regards rapides autour d'elle. Bien qu'elle attende qu'on lui dise d'entrer, sa grosse voix envahit déjà la cellule à son aise et Dési doit lui demander de baisser un peu de ton pour ne pas réveiller Nati, qui somnole sur la couchette du bas avec un masque de nuit sur les yeux. L'effet est un peu perturbant, mais Rosalía ne semble pas étonnée, plutôt vexée. Elle dit qu'est-ce que tu veux que j'y fasse, c'est son *ton de voix* et elle n'en a pas d'autre, elle dit que si elle le baisse c'est encore pire, et dans le même temps elle a compté et estimé pour elle-même les masques éparpillés sur la table.

« C'est pour l'équipe de l'atelier, pas vrai ? Parce qu'il y en a quatorze, et avec celui de la chauve, quinze. – Rien ne lui échappe. Comme Nati ne donne pas signe de vie, elle franchit le seuil pour les examiner consciencieusement. Elle les regarde sur toutes les faces, les presse entre ses doigts, les flaire. – Ils sont on ne peut plus cucul, mais pratiques autant qu'originaux.

— Ma mère dit comme toi.

— Ta mère en sait beaucoup. »

Rosalía s'assied, en soufflant, sourcils froncés, encore un peu troublée pas la singularité de l'article, et soupèse les mots pour formuler sa proposition.

« Écoute, Désirée, j'ai posé une demande pour le mariage de ma petite-fille, au début de l'année. À trente euros pièce, premier prix, ils vont s'arracher… Qu'est-ce que tu en dis ?

— C'est cher, dit Dési, pour dire quelque chose.

— Premier prix, ma jolie. Avant de baisser à vingt-cinq, vingt-deux, en tout cas pas moins de vingt.

— Ça fait encore cher. »

En fait, Dési n'a aucune idée de ce que peuvent valoir les masques ; ça ne l'intéresse pas, ils ne lui plaisent même pas, elle n'a pas eu l'idée de les distribuer ni réfléchi à la façon de s'en débarrasser. Et Rosalía est peut-être bien capable de les vendre au mariage de sa petite-fille, et même dans la station spatiale à laquelle elle rêvait tout éveillée il y a un instant…

« … à moins de vingt, pour moi ça ne vaut pas la peine…, lui dit-elle, penchée sur elle comme elle le fait toujours pour parler affaires, je préfère encore prendre le premier bateau que je vois, parce que dans un avion, plutôt mourir que d'y monter, et aller directement chercher la récompense, tu vois ce que je veux te dire ? Parce que comme tu fais cette tête d'ahurie… Dis voir, que le type soit mort ce n'est pas du tout un problème, la récompense n'est-elle pas mort ou vif ? Maintenant, si c'est vrai que son corps est au fond de la mer, alors là on en a un, et un gros. Je ne sais pas nager. Mais on trouvera bien une idée… dit-elle en plissant les yeux, et elle donne une forte claque en l'air, surexcitée par sa propre audace, et Nati se redresse en s'appuyant sur ses coudes.

— Quelle récompense ? demande-t-elle, son masque relevé sur le front.

— Demande à la gamine, répond Rosalía comme si de rien n'était, sans même la regarder. C'est elle qui m'a donné l'idée, avec l'histoire qu'elle a racontée à l'atelier, et qui tient toutes les filles en haleine, tu peux me croire…

— Quelle histoire ? Quelle récompense ? »

Mais Dési ne racontera rien. Elle est encore en train d'essayer de déchiffrer si la dernière proposition de Rosalía est de la blague, si elle déraille ou se paie simplement la tête de Nati, qui se vexe toujours beaucoup quand elle pense qu'on la laisse en marge de quelque chose, et que par-dessus le marché elle ne sait pas de quoi.

« Ne te laisse pas avoir, Dési, après tu en verras des vertes pour qu'elle allonge le fric, c'est moi qui te le dis. Moi, elle ne m'a pas encore rendu le montant des leggings de merde qu'elle m'a fourgués à l'infirmerie, quand je ne pouvais pas me défendre… »

Rosalía fait l'innocente.

« Quels leggings ?

— *Quels leggings… ?* »

Nati se met en rogne. Et Dési, retenant sa respiration, reprend les masques et les range dans leur boîte. Les esprits s'échauffent.

« Je suis raide, ma fille… Je n'ai pas un sou à l'économat et je ne peux même pas acheter des Red Bull pour le truc de Maica…, dit Rosalía, avec un petit air plaintif, en changeant totalement de registre. Parce que vous êtes au courant pour Maica, non ? »

Parler du *truc de Maica* fait baisser la tension dans l'atmosphère, parce qu'il se trouve que Nati la connaît, depuis ce cours d'informatique où elle s'était inscrite pour *gagner des points*, et qu'elle la trouve sympa elle aussi. Elle apportera deux sachets de pistaches pour ses adieux. Rosalía se réjouit fort que Maica ne se tape pas Noël ici, mais elle regrettera cette quéquette rasta au tableau de l'atelier, tous les lundis et tous les vendredis, en souvenir de ce professeur argentin pour qui Maica avait perdu le nord…

« Bonté divine, quelle tocade… Tu te souviens, Nati ?

— Tu parles si je me souviens… »

Elles parlent en même temps, tête contre tête, touffe de cheveux noirs de Rosalía (de la gamme Noirs de légende de L'Oréal, d'après la palette de Silvana), toujours attachés avec une pince sur la nuque, blanc neigeux de la tête rasée de Nati. Elles parlent en même temps et elles parlent vite, parce que dans les couloirs on entend déjà l'agitation habituelle de la dernière heure, le boucan des détenues qui rentrent dans leurs cellules pour la nuit, le fonctionnaire de service qui se prépare à faire sa ronde. Rosalía l'a entendu arriver et, se relevant avec effort, elle annonce l'heure de se retirer dans *ses appartements*. Nati ne rit pas de ce bon mot.

Finalement, on pourrait dire que cela a été un dimanche après-midi comme un autre. Un long après-midi d'automne comme n'importe quel après-midi à la boutique, quand Dési était petite et qu'elle écoutait les femmes parler en tricotant. Et leurs voix s'entremêlaient, comme celles de Nati et de Rosalía il y a un instant, quand elles avaient presque oublié que la *gamine* était là, bras autour des jambes, tête sur les genoux, à les écouter parler de tout et de rien, de la Pantoja et de la duchesse d'Albe, de Maica et de la Pénuries, des événements les plus marquants du week-end qui est sur le point de finir, au grand soulagement de Dési… Un de plus, un de moins. Oui, on pourrait dire que c'était un dimanche après-midi paisible, en dépit de tout.

Et pourtant il s'est passé quelque chose. À peine au lit elle s'en est rendu compte. C'est cette anxiété qui rugit dans son estomac et lui remonte dans la gorge, cherchant une sortie. La bête au fond de la grotte. Si elle se réveille complètement, aucun comprimé ne pourra la soulager ; et pourtant Nati a renoncé à sa moitié parce qu'elle veut commencer à *s'activer,* a-t-elle dit, et en revanche elle a insisté pour lire cette histoire que toutes (sauf elle) ont l'air de connaître, au moins tant qu'on n'aura pas éteint les lumières. Aujourd'hui, elle ne regardera pas la télé.

Alors Dési lui a donné son carnet et lui a passé ses lunettes. Puis elle s'est brossé les dents et a failli ajuster son appareil cassé. Puis elle s'est mise en pyjama, est montée sur sa couchette, et maintenant, les yeux serrés, elle essaie de se concentrer sur le compte à rebours.

« Dix, neuf, huit…

— Ça commence mal. *Mon décor serait une chambre bien rangée et impeccable.* Impeccable ? – Avec sa jambe saine, Nati donne un coup dans le sommier du dessus, à la hauteur des reins, mais Dési fait celle qui dort. – Ici, personne n'emploie des mots pareils. Et ne te vexe pas, tu veux ? mais le titre fait un peu histoire drôle, rigolade, et je pense que c'est à cause de ces prénoms ridicules… Yési ou Dési, je ne sais pas, moi, ce ne sont pourtant pas des caniches. »

Sept, six, cinq, quatre…

« Mais la description du décor n'est pas mal du tout, pour dire ce qui est. Dési… ? Tu m'écoutes ? Bon, c'est assez super. Ça me rappelle la chambre de ma fille, la plus jeune, elle aussi elle a des posters et des peluches à gogo, et elle aime bien aussi ces vampires de pacotille. Ou du moins elle aimait bien… »

Trois, deux, un…

« Maintenant, je ne sais pas… Tu m'écoutes, ou non… ? Je veux dire que si ça se trouve elle a tout enlevé et cette chambre n'existe plus que dans mon imagination, mais je ne sais pas… »

Zéro. La lumière s'éteint dans la cellule 2. Ça y est, elle n'a plus qu'à patienter encore un peu et le jour le plus lent et le plus conflictuel de la semaine sera terminé. *Eh, Dési, tu dors ?* Mais Nati a envie de parler, ce qui chez elle n'est pas habituel. Tout au long du compte à rebours sa voix est passée du sarcasme à l'incertitude, puis à la frustration, et enfin l'angoisse. *Si tu ne dors pas dis quelque chose, raconte-moi quelque chose.*

Et ne serait-ce que pour la consoler, Dési pourrait commencer par dire que non, elle ne dort pas et qu'elle l'entend, qu'il est possible que le titre soit un peu absurde mais qu'elle s'en fiche, que les prénoms sont peut-être ridicules mais qu'ils sont ce qu'ils sont, que cette chambre *bien rangée et impeccable* n'est qu'un souvenir, un décor qui n'existe plus comme tel, parce qu'elle, oui, elle a ôté des murs les posters et les photos de ses idoles, elle s'est débarrassée du tableau avec son prénom au point de croix, et elle a brûlé toutes les peluches… Elle pourrait lui dire tout cela, lui raconter qu'elle a fait tout ce que Yési lui avait dit de faire, qu'elle avait suivi toutes et chacune de ses instructions… Et que c'est pour ça qu'elle est là.

III. YÉSI

« Qui es-tu ? Je suis l'homme qui devait se marier avec la fille que tu n'aurais pas choisie, qui devait prendre l'autre chemin au "bivio", boire l'eau de l'autre puits. En ne choisissant pas, tu m'as empêché de choisir. Où vas-tu ? Dans une auberge différente de celle que tu trouveras. Où te reverrai-je ? Pendu à une autre potence que celle où tu te seras pendu. Adieu. »

C'est un fragment du *Château des destins croisés*, d'Italo Calvino. Le livre sur lequel Yési paria dans un concours de la radio dont elle remporta le prix, deux places pour un concert après lequel elle prendrait *l'autre chemin au « bivio »*. Le livre avec lequel, sept ans plus tard, Julia tenterait d'endormir son neveu, le soir où c'était son tour d'être baby-sitter. Elle l'avait choisi, pensant que c'était un livre pour enfants, ce qui n'était pas le cas, mais comme l'enfant ne protestait pas et ne s'endormait pas, elle avait continué à lire jusqu'à ce qu'elle arrive au paragraphe en question. Hasard pur. Ses poils se hérissèrent… comme elle l'a avoué à l'atelier, après l'avoir lu à voix haute pour le groupe et avant de reprendre le débat là où elles l'avaient laissé, parmi une bonne demi-douzaine de mains levées.

… Et si ce n'était pas un hasard ? Et si c'était le destin ? De quoi s'agit-il ? Pourquoi Dési, mademoiselle-je-sais-tout, celle qui savait toujours tout avant tout le monde, n'a-t-elle jamais éprouvé la tentation de le lire, en quête de signes occultes ? Quelqu'un sait ce qu'est un « bivio » ?

Un « bivio » est un croisement des chemins, un carrefour qui nous oblige à choisir entre deux directions. Nous ne choisissons pas toujours la bonne, parfois même nous ne choisissons pas. C'est de cela précisément que traite le livre. Quant aux signes occultes, bon, parfois il n'y a pas de signes. Le hasard ne peut ni se prévoir ni s'éviter, et le destin n'est écrit nulle part parce que, entre bien d'autres choses, il dépend du hasard.

Et le hasard a ses propres lois.

1

Comme un tir en l'air. Comme une balle sort du canon, tirée vers le ciel ouvert. De l'infinie obscurité à la lumière aveuglante. De ces hauteurs je voyais la géométrie du quartier dans toutes ses dimensions. Le tracé des rues et le flux de la circulation, de haut en bas et de droite à gauche, alternativement. Les blocs d'immeubles quadrillés, les toits en terrasse et les cours intérieures, le plan en croix grecque du marché de Sant Antoni, les terrasses des bars, la cour du lycée, la boutique de ma mère, la charcuterie et la queue des clients qui attendent leur poulet à l'*ast*, sous le soleil de midi.

À mesure que je perdais de l'altitude, attirée par la force de la gravité, je reconnus quelques figures. Voisins d'escalier et clientes de la boutique. Une ancienne prof du collège, enceinte jusqu'au cou. L'ivrogne du quartier qui parle tout seul. Moi, bras croisés, je regarde les ongles de mes orteils. Tous dans une longue queue qui faisait presque tout le tour du pâté d'immeubles avant de commencer à se tordre, inquiète, troublée par la nouvelle qui se répandait, rapidement, de bouche à oreille.

Yési Lugano a disparu.

La voix anonyme, asexuée, se mêlait à une autre, beaucoup plus énergique et familière, qui venait de l'autre côté du trou noir.

« Elle t'a dit quelque chose ? Qu'est-ce qu'elle t'a dit ? Où a-t-elle été ? Qu'est-ce qui lui est arrivé ? Qu'est-ce qu'on lui a fait ? »

Une voix forte et suffisamment contraignante pour me faire revenir, marche arrière dans le même tunnel à l'obscurité infinie, le raccourci cosmique par lequel j'avais traversé le tissu spatio-temporel. Du samedi 8 juin 2013 à un autre samedi de juin, cinq ans plus tôt.

Et sans sortir de ma chambre.

Un long et intense voyage de quelques minutes à peine, le temps que ma mère mit à dire au revoir, à la porte, à la mère et à la fille, à revenir dans ma chambre et à éteindre ce maudit ventilateur.

« Alors, qu'est-ce qu'elle t'a dit ? »

Une fraction de seconde et, brusquement, l'impression de danger et de fatalité qui m'avait bloquée pendant les retrouvailles avec Yési se transforma en honte et en frustration. Un *clic* spontané, et il semblerait que j'aie perdu le contrôle de la situation, que je m'en sois prise au régulateur et que j'aie jeté des objets en l'air, et même cassé la petite lampe en forme de tulipe. Mais je ne me rappelle rien de tout ça.

Je me rappelle que je bouillais d'indignation, honteuse de m'être sentie aussi maladroite, aussi lente, empotée, incapable, et tout ce que ma mère avait mis en évidence en me traitant comme si j'étais encore une ado de quinze ans désorientée, au lieu d'une fille de vingt ans désorientée ; pour ne rien dire de son infâme pinçon dans mon bourrelet, alors une simple tache jaunâtre à peine perceptible, mais qui resterait comme une trace indélébile de ce moment. Je me souviens qu'il me faisait encore mal quand je me mis au lit, tremblant de rage et d'impuissance, et que vers le milieu de l'après-midi, quand mon père vint pour essayer de réparer les dégâts, je me soulageai devant lui.

« Que je l'emmène dans ma chambre et que nous parlions de nos affaires… Nos affaires… Quelles affaires ? Et que nous jouions à quelque chose, s'il te plaît… *Elle ne veut plus qu'on l'appelle Dési* – d'une voix d'attardée mentale forcée au maximum –, *elle trouve ça trop court pour elle*… Sûr qu'elle l'a fait exprès pour me faire honte… Sûr que c'est elle qui a mis le ventilateur en marche…

— Bon, dit mon père, après avoir écouté ma longue liste de griefs, si tu ne veux pas qu'on te traite comme une petite fille, ne te comporte pas comme une petite fille. »

Il était debout, la tête renversée en arrière pour mieux voir le régulateur cassé qui pendait au bout d'un câble. Il avait oublié ses lunettes de presbyte et avait l'air différent, plus maigre, plus jeune, insouciant. Il parla sans s'arrêter pendant le long moment où il fut occupé par ce travail ; des parties dont se compose un régulateur et comment elles se réparent, de la difficulté qu'il y a à trouver des tulipes en verre pour des ventilateurs aussi anciens, des révoltes au Brésil, juste au moment où devait débuter la Coupe Fifa des confédérations… Et plus il parlait, plus il semblait insensible aux regards de travers que je lui jetais de ma place, le couvre-lit jusqu'au menton. Mais qu'est-ce qu'il me racontait ? J'avais du mal à le comprendre. Je m'en fichais comme d'une guigne. Je me demandais s'il ne s'en rendait pas compte ou s'il le faisait exprès, et dans ce cas, pourquoi. Et surtout, je n'arrivais pas à comprendre comment il pouvait être de si bonne humeur. Quand il eut fini, il m'embrassa sur le front et s'en allait en sifflotant. Il sentait la lotion capillaire.

Ma mère dut me le dire le soir même, tard, en m'apportant une pomme et un yaourt dans ma chambre, et en s'asseyant au bord de mon lit. D'après les rumeurs qui avaient commencé à circuler dans la boutique, mon père sortait depuis quelque temps avec une femme. Puis elle m'embrassa sur le front, là où mon père m'avait embrassée un instant plus tôt, et sortit chercher un thermomètre.

Eh bien, eh bien, on dirait qu'ici au moins le temps n'est pas passé.

Les premiers mots de Yési rebondissaient sur les murs de ma chambre, si inoffensifs en apparence… *Eh bien, eh bien…* Mais si mystérieux dans leur insignifiance, si inquiétants dans leur ton moqueur et sceptique… *Moi ça m'est égal, c'est ta chambre.* Sa voix, déformée par la fièvre, semblait sortir d'un émetteur radio artisanal. *On dirait un enfant… Il te traite bien?* Et moi je ne pouvais rien faire d'autre que l'écouter… *Mais tu n'es pas amoureuse…* si bien que finalement, désespérée, je me traînai jusqu'à la cuisine, où je mangeai quatre madeleines que je vomis sur-le-champ. *Comme je te dis… Aucun type qui te plaise n'est entré dans cette pièce.* Je me recouchai en grelottant et bataillai un moment avec Chimo, qui avait trop chaud sous le couvre-lit, jusqu'à ce qu'il finisse par se résigner et reste avec moi. Il sentait encore le jus d'ananas. *Alors quoi. Tu as quelque chose avec de l'alcool?* Dès que j'eus un peu plus chaud je me sentis un peu mieux et repris courage. Donc, comme ça, la nouvelle Yési buvait de l'alcool… Eh bien dites voir. Et elle fumait, il y avait des siècles qu'elle fumait. Et elle avait les dents abîmées, les cheveux sales, les joues creuses et les yeux opaques, le corps sec et émacié… C'était l'ombre de la Yési que je connaissais ou croyais connaître, une version détériorée et en piteux état, une épave, un petit sac d'os avec un pull d'homme et un rire de vieux chien… *Qui sait comment les choses se seraient passées si j'avais eu un chien.*

Yési ne quitta pas ma chambre (ni mon esprit) de toute la nuit. J'eus un mal fou à rester agrippée au chien jusqu'à l'aube.

Vingt-quatre heures plus tard j'avais somatisé le retour de Yési dans une gastro-entérite virale. À la fièvre et aux frissons s'ajoutèrent les nausées et les crampes d'estomac, puis les vomissements et les diarrhées. Le docteur recommanda du repos et une diète à base de liquides jusqu'à disparition des symptômes. Survint alors l'épuisement, une somnolence profonde, écrasante, comme si j'étais plongée dans l'eau, au fond de la mer.

Autour de moi je percevais des voix et des odeurs familières. Chimo, son souffle sur mon visage. Ma mère entrant et sortant, m'obligeant à boire de petites gorgées de bouillon, me mettant le thermomètre, aérant ma chambre. La télé des voisins se glissant par la fenêtre ouverte, des bribes de leurs conversations quand ils allaient à la buanderie étendre leur linge. Au loin, le fracas du quartier aux heures de pointe, le bouillonnement de rumeurs circulant sous le manteau, les vautours de la presse à sensation survolant le tout. Le bourdonnement de mon portable en monde silencieux, saturé de messages. Les réseaux sociaux en ébullition.

La nuit, j'avais des insomnies et j'errai à travers la maison sans savoir quoi faire, l'estomac vide et l'esprit engourdi. Parfois je mettais le frigo à sac, en quête de quelque chose de solide pour remplir le trou et calmer la bête qui rageait au fond, tout en sachant qu'ensuite je me sentirais plus mal et que je tarderais à récupérer. Si la bête ne rendait pas violemment ce que j'avais englouti, la digestion était lente, lourde, douloureuse, même.

Et mes rêves très troubles.

Yési étranglée dans une ruelle. Yési dépecée dans une décharge. Yési avec un chapeau melon, vendant des bibles de porte en porte. Yési avec une burqa quelque part en Extrême-Orient. Yési avec de hautes bottes vernies, sur le bas-côté d'une voie rapide, assise sous une ombrelle…

Une succession d'images immobiles, de souvenirs fictifs, récréés à partir de nouvelles et de rumeurs sinistres que j'avais entendues à l'époque sans pouvoir l'éviter, de gros titres de presse lus en diagonale, de cauchemars nocturnes, fébriles, d'inepties de l'imagination. Le genre d'images que ma mère avait repoussées à grands coups de machette et qui maintenant, une fois l'interdiction levée, sortaient en trombe de quelque part dans mon esprit.

2

« Dési, réveille-toi.

— Qu'est-ce qui se passe ?

— Rien, mais réveille-toi et prends ta température avant que j'aille à la boutique.

— Si tôt… ? Qu'est-ce qui se passe ?
— Rien. Il est presque 10 heures et il pleut. »

10 heures du matin et c'était à peine si la lumière entrait dans ma chambre, bien que ma mère ait relevé les persiennes et ouvert la fenêtre en grand. Elle avait mis son ciré et elle portait son sac à l'épaule.

« Sergio a appelé trois ou quatre fois, disait-elle, il s'inquiète parce que tu ne réponds pas à ses messages.
— Je l'appellerai tout à l'heure. »

La température avait baissé et il y avait une légère odeur d'égout. Je remontai mon dessus de lit jusqu'au menton.

« Et tes amies sont passées à la boutique, elles se plaignent de la même chose.
— Je les appellerai après, plus tard.
— … tu ne donnes pas signe de vie, où est-ce que tu te caches, elles sont sur des charbons ardents… Dési ?
— J'ai entendu. »

C'était elle qui ne m'entendait pas, tandis qu'elle remuait les tiroirs de mon bureau sans cesser de parler. Elle disait, en fouillant dans mes affaires, que mes amies avaient fait irruption en troupeau dans la boutique pour avoir de mes nouvelles, avides de *tout savoir.* Et elles étaient un peu pénibles. Laia en particulier, *notre* Laia, qui en apprenant ma gastro avait tordu le museau comme si elle ne pouvait y croire… N'avait-elle pas insinué devant le groupe que, parfois, j'inventais des excuses pour faire l'intéressante ? *Précisément* Laia, qui disait-on avait de nouveau fait une apparition dans une émission de faits divers matinale, à visage découvert cette fois et sans pouvoir contenir son excitation, sa soif de jouer les premiers rôles ; du moins d'après les sources de ma mère, parce qu'en ce qui la concernait ces émissions la rendaient malade et elle ne l'avait pas regardée, elle ne voulait pas la regarder…

« Ah, tiens, regarde, le voilà. – Elle parlait de mon portable, qu'elle venait de retrouver dans un tiroir, sans batterie, et qu'elle avait aussitôt mis à charger sur ma table de nuit. – Il vaudrait mieux que tu les appelles.

— Plus tard, maman, pas maintenant.

— Comme tu voudras, mais je crois que tu devrais au moins appeler Yési pour lui souhaiter son anniversaire, je crois que c'était il y a quelques jours.

— Mais qu'est-ce que tu dis ? Le 12 est passé ? Quel jour sommes-nous ? »

J'émergeai, désorientée. Le thermomètre ne marquait que quelques dixièmes. Ma mère ôta son ciré. Elle était *très pressée*, mais il lui suffirait de cinq minutes pour me mettre au courant de la situation, puisque j'étais maintenant en état de comprendre, et que les choses étaient ce qu'elles étaient.

Nous étions vendredi 15 juin, et il pleuvait depuis deux jours. J'avais perdu ma convocation à l'examen mais je ne devais pas me faire de souci, parce qu'elle avait déjà pris contact avec mon professeur et elle m'obtiendrait un report avant que la session soit close. La presse commençait à quitter le quartier, mais on ne laissait toujours pas Yési sortir de chez elle, ni regarder la télé. La tenir en marge de l'agitation n'était vraiment pas facile pour les Lugano (Piero était revenu, sans les filles), qui continuaient à *agir* avec naturel, en attendant que Yési récupère suffisamment, qu'elle se sente assez en sécurité pour commencer à s'ouvrir, à parler, à sortir, à renouer avec ses amis, ses études, sa vie antérieure. Mais la pauvre Isa commençait à désespérer parce que les jours passaient et que Yési ne semblait pas éprouver le moindre intérêt pour parler ni pour récupérer ni pour renouer avec quoi que ce soit. Et bien qu'elle fût malade, *comme moi*, elle n'acceptait pas d'être examinée par un médecin, et encore moins de se soumettre à un bilan complet, comme nous l'espérions *tous*. Peut-être que je parviendrais à la convaincre, nous avions été si amies… Inséparables depuis le berceau. Comme les deux doigts de la main.

Enfin. Que dire et à quoi bon le dire, comment réfuter une théorie avalisée par tant et de si puissantes raisons. Même âge, même signe, même quartier. Des années de collège et de trajets dans la fourgonnette de M. Ramón, à chanter des rumbas. Dimanches passés à échanger des chromos en double au marché de Sant Antoni. Après-midi à la boutique, tout ouïe aux mystères du quartier et du monde, à nous refiler peurs, rires, poisse, poux, angines. Les mêmes vidéos de famille avec protagoniste différente. Les mêmes scènes de la vie quotidienne répétées à satiété, avec les mêmes personnages secondaires et dans les mêmes décors ; fêtes d'anniversaire, carnavals, fêtes de la châtaigne, cavalcades des Rois, fêtes de quartier de la Saint-Jean. Points de référence en commun, cent et cent points reliés par un fil transparent et poisseux. Une gigantesque toile d'araignée tissée par nos mères pendant la décennie où tout tournait autour de la boutique et où rien n'était remis en question.

Et pourtant jamais nous ne fûmes amies *pour de vrai*. Si solides et abondantes que soient les raisons qui disaient le contraire, moi, secrètement, j'en avais la certitude unique, absolue, indiscutable.

Jamais nous ne fûmes *comme les deux doigts de la main*. Doigt et écharde, à la rigueur…

Il y eut un temps où, sur le conseil du psychologue et encouragée par mes parents, je concentrais toute mon énergie sur l'idée de faire partie d'un groupe. Surmonter les différentes épreuves de loyauté, adopter un langage et un style similaire, être en phase. Ce furent des mois d'efforts épuisants, parce qu'à ce moment-là je traînais comme un boulet un complexe de survivante, en plus de ma tendance à l'isolement et à la boulimie. Une tâche ardue qui commença au retour du village de mes grands-parents, après avoir passé Noël 2008 en alerte orange, et qui culmina au début de l'été 2009, un peu avant que mes parents se séparent d'un commun accord; et c'est d'un commun accord qu'ils décidèrent de m'emmener chez le psychologue parce que j'avais jeté mes lentilles dans les W.-C., que je mangeais sans arrêt et passais mes journées recluse dans ma chambre (j'avais mis un verrou à la porte), à lire des romans.

Quand à eux trois ils m'eurent convaincue d'activer mon portable et de *me laisser voir* sur les réseaux sociaux, comme partie de la thérapie, les choses commencèrent à aller mieux. WhatsApp aida aussi, en facilitant beaucoup la communication avec le groupe, à la tête duquel était déjà Laia, et où je fus officiellement acceptée le jour de mes dix-sept ans. Maintenant, à presque vingt, je continuais à me sentir fière de n'être qu'*une de plus*, je ne le nie pas, mais ça me coûtait encore vraiment beaucoup. J'avais besoin de disparaître de temps à autre, je ne savais pas trop pourquoi. Et je ne répondais pas toujours à leurs appels. Et parfois j'inventais des excuses, je l'avoue.

Notre Laia, *précisément* Laia savait bien de quoi je parlais parce qu'elle aussi avait été élevée à la boutique et avait occupé sa place dans la fourgonnette de M. Ramón. Être la dernière à avoir vu Yési le soir de sa disparition lui avait procuré une certaine renommée dans le quartier. C'était alors une adolescente dégingandée, nerveuse et pas sûre d'elle, qui portait des prothèses dentaires et voulait être charcutière, comme ses parents. L'avoir vue ainsi et la voir, cinq ans plus tard, influenceuse sur Instagram et dirigeant notre groupe féminin de WhatsApp. Un groupe actif et bruyant, et si homogène que ma mère ne nous distinguait pas les unes des autres. Carla, Alba, Aida, Elena, Natalia, Belén, Noemí. Pour elle ce n'étaient que des prénoms au hasard, des filles cloniques, toujours connectées, des filles prétentieuses qui s'exhibaient sans pudeur sur les réseaux sociaux, désireuses de plaire, avides de *tout savoir*, des filles à qui on ne pouvait confier un secret puis attendre de la compassion de leur part… Évidemment, qui pourrait le leur reprocher, se disait-elle, brusquement, quand elle se rendait compte que j'étais l'une d'entre elles et qu'elle m'offensait. Après tout, la réalité virtuelle pouvait être impitoyable elle aussi, non ? Et il fallait d'une façon ou d'une autre se protéger de la férocité des réseaux, ou non ? Oui, c'était ça.

C'était ça : un déluge d'appels perdus, un torrent de WhatsApp et de messages audio débridés, des centaines d'autres, cinglants, dans la boîte vocale, des mèmes moqueurs et des conneries en boucle avec des tas de « j'aime » sur mon mur Facebook, une version zombi de la pub pour le lait riche en calcium avec des milliers de visualisations, de liens vers YouTube pour voir Laia pendant sa minute de gloire, les hashtags #Yési*Ressuscitée* #Yési-Lugano*Redux* triomphant sur Instagram et trending topic sur Twitter…

Cela me donna le vertige et je lâchai mon téléphone comme s'il brûlait. Je savais ce que j'allais y trouver quand j'eus suffisamment rassemblé mon courage pour l'allumer, taper mon code pin et fourrer mon nez dans le cyberespace. Je savais ce que j'allais y trouver, et je croyais que j'y étais préparée. Mais quelques minutes en ligne à peine, muette, suffirent pour que je me rende compte que non. Parce qu'une brèche s'était ouverte quand ma mère avait fait irruption dans ma chambre, l'air effrayée, et avait dit *Elle est revenue*, sans rien ajouter.

Le moment venu de se protéger, je ne connaissais qu'une façon de le faire. Ne plus aller sur Facebook, désactiver mon compte sur Instagram, ne répondre à aucun message, bloquer Sergio sur WhatsApp et filer à l'anglaise de tous les groupes.

Désirée est sortie. Désirée a quitté le groupe.

3

Désirée. Mercredi 20 juin.

Une enveloppe avec mon prénom et la date, posée contre mon réveil. Je reconnus l'écriture stylisée de ma mère. Elle contenait une invitation pour le spa inauguré dans le quartier quelques mois plus tôt à peine. Le pack incluait hydrothérapie et sauna, et un bon pour choisir entre deux options : un massage aux huiles essentielles ou l'assistance d'une diététicienne. Je n'étais pas tout à fait réveillée, mais mon choix était clair, et je mourais de faim, alors je me levai et mangeai les restes du dîner (il était presque 13 heures). Puis je sortis Chimo dans la ruelle où je l'emmenais depuis qu'avaient commencé les travaux de rénovation du marché, quatre ans et demi plus tôt, six mois après la disparition de Yési ; il devait y avoir encore des affiches de sa recherche sous toute la propagande électorale, les annonces de concerts et de festivals, les publicités et les graffiti en tout genre. *Toni je t'aime. Putains de travaux. Tourists go home! Dési, trouillarde, sors de ton trou…*

Avant de sortir avec Sergio j'allais souvent dans la ruelle avec les filles du groupe manger des pipas, fumer des joints et faire des projets, et voilà qu'on m'y avait laissé un message sympathique, écrit à la craie sur un mur réel, vu que le virtuel restait obstinément ignoré. J'étais accablée. Le bruit des travaux était assourdissant. Le soleil tapait très fort et il n'y avait presque personne dans la rue, et pourtant je me sentais traquée.

Peu après, au spa, pendant que je m'appliquais à fond à remplir un questionnaire de santé de trois pages, je continuai à me sentir épuisée et stressée. Non, je ne souffrais pas d'hypertension, ni d'asthme, ni d'allergies, que je sache. Je n'étais pas non plus claustrophobe, bien au contraire, les lieux fermés étaient mon habitat naturel. Non, en ce moment je n'étais pas sous médicaments, je n'avais pas mes règles, et je ne pouvais absolument pas être enceinte vu que je n'avais pas encore réussi à perdre ma virginité, bien que j'aie un petit ami depuis huit mois, mais j'y pensais…

J'ignore pourquoi je donnai autant d'explications, et aussi sincères ; j'étais moi-même consternée de ma propre franchise. Heureusement, le circuit des eaux thermales et les vapeurs du sauna me calmèrent, et je dus finalement m'assoupir sur une chaise longue thermique, dans la zone de relaxation, parce que le temps passa très vite.

Il n'y avait pas de pendule dans le bureau de la diététicienne, où je m'assis pour l'attendre après avoir parcouru un labyrinthe de couloirs étroits et sombres. C'était une petite pièce sans fenêtre, basse de plafond et aux murs tapissés de tissu couleur moutarde. Ça sentait l'humidité et on entendait comme un bruit de fuite d'eau, mais je me sentais cloîtrée, dans mon *habitat naturel*. En face de la table il y avait un rayonnage bas avec une profusion de bouddhas, quelques livres de diététique et de nutrition, et des bols, beaucoup de bols. Il y avait aussi un brûleur d'encens et un calendrier à motifs religieux, du moins me sembla-t-il, et à côté une photo encadrée de Yési, en train de jouer du violoncelle, le jour de son dixième anniversaire.

Je me levai d'un bond, comme si j'avais reçu une décharge électrique dans les fesses. Je n'en croyais pas mes yeux... Tant de moyens utilisés à l'époque pour ne pas avoir à la regarder, pour ne pas la garder dans mon souvenir, et puis me voir obligée de l'évoquer comme ça, dans sa plus belle version de virtuose, tant d'efforts pour finir par tomber sur elle dans le bureau de la diététicienne, qui juste à ce moment-là passait la porte.

« Joyeux anniversaire, Désirée – Isa me prit par les épaules et me planta deux baisers sonores sur les joues. Elle portait une blouse blanche sur une jupe large et excentrique. – Tu vas mieux ? Ta mère dit que tu manques encore un peu d'entrain, mais moi je te trouve bonne mine... Pourquoi ne t'assieds-tu pas ? Tu veux une infusion ? Si ça ne te dérange pas, je vais allumer un bâton d'encens, ça sent toujours le renfermé ici. »

Plus que le renfermé, ça sentait l'enfermement, le cadeau empoisonné dans une enveloppe avec mon nom et la date, appuyée contre le réveil.

« Non, ça ne me dérange pas. – Je m'assis et croisai les bras, sur la défensive. – Et je ne veux pas d'infusion. Merci.

— Bon, eh bien alors je te fais une fiche tout de suite. »

Isa se tourna vers les rayonnages pour préparer l'encens. Elle avait l'air d'attaque, avec ses mèches toujours orange vif, ses petites lunettes rétro, à monture d'écaille, son expression de pythonisse étourdie. Mais quand elle s'assit et me regarda en face, je ne vis aucune étincelle dans ses yeux, rien que de la tristesse, et une fatigue si profonde, tellement incommensurable, qu'elle m'impressionna.

« Je sais que ce maudit virus t'a fait manquer ta convocation, ta mère me l'a dit l'autre jour, mais si j'étais toi je ne me ferais pas trop de souci. Telle que je la connais, sois sûre qu'elle t'obtiendra ce délai. »

Je l'étais. Comme j'étais sûre qu'Isa ne tarderait pas à mettre Yési sur le tapis, et que c'était pour cela que j'étais là, en peignoir et tongs, assise en face de sa mère ; pour cela et parce que la mienne me connaissait bien, et me savait intouchable et insatiable…

« J'ai l'impression que vous avez un tuyau crevé ou quelque chose comme ça, dis-je, en regrettant de ne pas avoir choisi le massage, et avec la plus ferme intention de me montrer hostile, peu coopérative. Ou peut-être que quelqu'un a laissé un robinet ouvert. »

Isa sourit avec indulgence.

« C'est de l'eau qui coule d'une source, concrètement la source Baotu en Chine, dans la province de Shandong, connue comme la première source de la terre et qui aujourd'hui risque de se tarir. Ou du moins c'est ce qu'il y a écrit sur le CD. C'est pour relaxer.

— Ah. »

Isa aussi croyait me connaître, tout savoir de moi, c'est pourquoi elle essaya de ne pas m'effleurer les seins ni la taille en prenant mes mesures avec son mètre ruban, mesures qu'elle notait aussitôt scrupuleusement sur une fiche. Elle me mesura, me pesa, me posa beaucoup de questions sur mes habitudes alimentaires, calcula calories solides et liquides et, comme ses calculs ne tombaient pas juste, elle recommençait.

« Eh bien je ne comprends pas… disait-elle. C'est bizarre… »

Je remarquais ses efforts pour se concentrer, pour faire honneur au titre qu'elle avait réussi à obtenir à l'époque la plus amère de sa vie, quand elle attendait un appel qui n'était jamais arrivé. Mais je ne lui avais dit que ce que je mangeais pendant la journée, pas ce que je volais lors de mes razzias nocturnes, et je savais qu'elle aurait beau faire ses calculs, ils ne tomberaient pas juste. Brusquement, je me sentais coupable et remuée.

« Yési ne mange presque rien elle non plus… dit-elle sans me regarder, sans même lever les yeux de sa fiche, mais elle en revanche elle n'a que la peau sur les os, chaque jour plus maigre, plus à plat, et je crois qu'elle a toujours de la fièvre, je crois qu'elle a de la fièvre depuis le jour où elle est revenue, avec ce qu'elle avait sur elle. – Je faisais moi aussi des efforts pour ne pas aller de la fiche à la photo encadrée. Nous étions très calmes toutes les deux. – On nous a dit alors de ne pas lui mettre la pression, à cause du stress post-traumatique et tout ça… On nous a dit qu'avec le temps elle parlerait, que lorsqu'elle se sentirait plus sûre d'elle elle romprait le silence d'elle-même. Mais les jours passent et Yési ne parle pas, ne mange pas, ne veut même pas prendre sa température, et ne parlons pas de faire un bilan médical. Peut-être que si tu lui parlais… – Elle me regarda. Je remuai sur ma chaise, mal à l'aise. Elle saisit la manche de mon peignoir. – Vous vous connaissez depuis la maternelle, et en plus vous êtes du même signe, Gémeaux cuvée olympique, tu te souviens ?… Tu pourrais la convaincre, la persuader de commencer à s'ouvrir et à lâcher tout ça avant que… Bon, avant que ça la ronge de l'intérieur. Le cacher n'est pas une bonne idée, Dési. À toi, elle dira tout, vous étiez si amies… »

Il était tard quand je sortis de là. On n'entendait plus le fracas des perceuses et il soufflait une brise fraîche. Les rues étaient surpeuplées, les terrasses des cafés bondées, les commerces se préparaient à fermer. Je me laissais porter vers la maison par l'inertie, à pas lents, me traînant presque, mais sans m'arrêter ni pour flatter les chiens ni pour regarder les vitrines, comme je le faisais d'habitude, et en changeant de trottoir s'il me semblait voir un visage connu.

Le père de Laia baissait le rideau de la charcuterie, sa mère au milieu du trottoir bavardait avec Mme Reguant, qui tenait par le bras Mme García, avec d'énormes lunettes noires qui l'empêchaient de bien voir et ne cachaient pas entièrement les bleus de sa dernière opération. Ce n'était pas pour des motifs personnels que je les fuyais, mais parce que je n'avais envie de parler avec personne. Avant même de m'en rendre compte, je me retrouvai à quelques mètres de la boutique. Ribó & Caralps. Avec son enseigne lumineuse et son petit groupe de fumeuses, rassemblées devant la porte. À l'intérieur, l'habituelle agitation de dernière heure, quelques clientes tricotant à une vitesse vertigineuse, la plupart récupérant ici et là leurs enfants, surexcités parce que les vacances venaient de commencer.

J'épiai la scène pendant un bon moment, mais j'étais trop remontée pour éprouver de la nostalgie ; contre ma mère, à cause de mon enfermement, contre moi-même pour être tombée avec armes et bagages dans le piège de la compassion. Car je venais de faire à Isa une de ces promesses qu'on fait sans ouvrir la bouche. Ce sont les pires, ces promesses vides qu'on ne peut ni ne sait remplir, ces promesses qu'on fait sans dire un mot quand on ne peut ni ne sait non plus dire non – non, Yési et moi n'avons jamais été amies, tout n'avait été qu'une farce, une illusion de nos mères, une résolution forcée, indolente, inutile et, parfois, contre-productive, Yési ne devait pas s'ouvrir ni rien lâcher, jamais, et à moi moins qu'à quiconque…

Mais si m'être apitoyée sur Isa m'avait fait baisser la garde, je serais expéditive avec les autres. Car il n'entrait pas non plus dans mes plans de dîner avec mon père, comme couronnement de ce jour offert, et il me suffit d'un misérable message quand je rentrai à la maison. *J'ai toujours l'estomac retourné, plutôt un autre jour. Bises.* Pas une seul émoticône pour décorer ma triste excuse, pour ne pas rester plus longtemps en ligne, exposée à l'examen du groupe. Je remis mon téléphone sur silencieux et me retranchai dans ma chambre.

Je n'avais pas non plus l'intention de goûter aux sushis que ma mère avait rapportés sur un plateau en rentrant de la boutique. Ni même de mordre dans la tarte au chocolat, attention de ses clientes ; pas en ce moment, du moins. Plus tard peut-être, lui dis-je quand elle frappa trois fois à ma porte. Je savais que si elle ne faisait pas d'objections et n'insistait pas, c'était parce qu'elle était déjà au courant de tout et qu'elle n'en avait pas besoin. Elle avait très probablement déjà parlé avec mon père, avec Isa, avec le professeur de l'université qu'elle harcelait avec cette histoire de report, et même avec Sergio, que je n'avais pas encore débloqué sur WhatsApp, ce que je n'avais d'ailleurs pas l'intention de faire.

Mes plans. Bon, sur l'importance d'avoir des plans et des projets pour le lendemain, on m'avait bien souvent sermonnée, tant à la maison qu'à la boutique et même au village, le psychologue m'avait sermonnée lors de la thérapie, et ma tutrice au lycée aussi ; et on devait beaucoup me sermonner plus tard, quand tout cela fut passé et que les plans eurent définitivement explosé en mille morceaux.

À ce moment-là je n'en avais d'autre que celui de calmer la bête qui rugissait en moi, le malaise qui me brûlait et dont personne ne me parlait jamais, sauf les livres. C'est ainsi qu'à la nuit bien avancée je faisais un sort à la tarte, à la cuisine, en écoutant la radio avec mes écouteurs pour faire taire tout ce bruit, comme la petite fille triste et affamée que j'étais, bien que je sois devenue majeure un jour comme ce jour d'il y avait trois ans. Mon père s'était obstiné à m'inviter à dîner dans un restaurant nouveau et cher, avec l'idée d'instaurer une habitude *pour dorénavant* et, avec une cérémonie que je n'avais pas su évaluer alors, il m'avait offert l'inscription dans une auto-école du quartier. C'était à l'été 2010, je venais de redoubler ma terminale et Amy Winehouse entrait une nouvelle fois en cure de désintoxication.

L'été suivant, mon inscription devint caduque, le restaurant ferma et la mort surprit Amy seule dans sa chambre. L'été était une saison à haut risque pour moi, cela devenait brusquement très clair, et de plus on le disait à ce moment même à la radio... D'après les calculs de l'Observatoire astronomique national, l'été 2013 ferait son entrée officielle dans l'hémisphère nord à 7 h 04, heure péninsulaire, le jeudi 21 juin.

Sauf paranoïa de ma part, c'était un signe : il me restait un peu moins de cinq heures.

4

En fait, il me restait deux jours, parce que selon une tradition bien enracinée, notre été commence, en grand, la veille de la Saint-Jean, la nuit la plus courte de l'année. La fête du quartier tomba un samedi. Elle s'annonçait retentissante, mais le soir venu les pétards étaient encore très rares ; quelques sifflements de fusées, des détonations sporadiques, de temps à autre une pétarade ; rien à voir avec ce qui avait été il n'y avait pas si longtemps, quand on commençait à les entendre une ou deux semaines avant. Malgré tout, et à toutes fins utiles, j'avais fermé les fenêtres de la salle à manger avant la nuit, mis en marche la climatisation, sorti une pizza du four, et incrusté un comprimé dans le morceau de fromage que Chimo avala sans mâcher. Il était environ 9 heures et je venais de prendre le mien (un demi-Alprazolam chipé dans l'armoire à pharmacie de ma mère) quand le téléphone sonna. Sur l'écran, le numéro de la boutique. Je le laissai sonner ; mon anniversaire n'était passé que de deux jours et les retombées se manifestaient encore. De plus, je savais que c'était ma mère qui appelait pour s'assurer que j'avais bien fermé les fenêtres et que j'avais donné son comprimé à Chimo, et peut-être aussi pour m'encourager à sortir, ne serait-ce que pour lui donner un coup de main à la boutique. Elle avait organisé une de ces pagailles dont elle avait le secret, on entendait le bruit de fond sur le message qu'elle m'avait laissé, et que je dus écouter plusieurs fois.

... il rôde dans le coin comme une âme en peine... Ça va comme ça... tu viens, ou non ?... il dit que tu n'as pas répondu à ses messages, qu'il n'a aucune nouvelle de toi... il me fait pitié, le pauvre... mais je crois qu'il vaut mieux que tu le lui dises toi-même, alors je te l'ai envoyé... je voulais simplement que tu le saches, qu'il est en chemin... quoique, tu pourrais au moins venir me donner un coup de main... tu as donné son comprimé au chien ?...

Je raccrochai. J'eus besoin de quelques secondes pour traiter l'information et déchiffrer ce qui était important. Sergio en chemin. Et, une fois le fait assimilé, j'allai à la salle de bains me brosser les dents.

Ah, Sergio. Depuis huit mois que nous sortions ensemble, il était venu quelquefois (rarement) me chercher à la maison, mais il n'allait pas plus loin que l'entrée, et jamais il n'avait pénétré dans mon sanctuaire, au sens littéral et aussi métaphorique du terme ; *comme* Yési l'avait deviné, au premier coup d'œil, rien qu'en mettant les pieds dans ma chambre. *Moi ce que je t'en dis...* Comme si elle l'avait senti, ou peut-être à cause d'une certaine disposition des choses, un certain laisser-aller enfantin, que sais-je. En tout cas, cela avait été un bluff risqué, si l'on tient compte du fait qu'elle n'avait eu aucune nouvelle de moi depuis cinq ans. Mais il fallait reconnaître qu'elle avait mis en plein dans le mille.

Avec mes vingt et un ans tout juste sonnés, j'étais la seule demi-vierge du groupe. Et non que Sergio et moi n'ayons mis toute notre ardeur à faire en sorte qu'il n'en soit plus ainsi, pratiquement dès le jour où nous avions fait connaissance, lors d'une soirée chez lui à laquelle je m'étais rendue avec cet objectif concret (et secret). Sa sœur, camarade de faculté et organisatrice de la soirée, m'avait auparavant parlé de lui, et à lui de moi. Et nous avions tous les deux bien étudié nos profils sur Facebook. Le sien semblait être celui du candidat parfait pour une rêveuse dans mon genre. Étudiant aux Beaux-Arts, musicien amateur, amoureux des animaux, sérieux, réservé, mystérieux. Je suppose qu'il s'était fait un portrait semblable de moi, et que c'était pour ça qu'il avait été stupéfait quand, au milieu de la soirée, je m'étais jetée sur lui. Le plus tôt sera le mieux, c'était je crois l'idée que j'avais en tête ; du moins jusqu'à ce qu'elle devienne un peu floue, sans prévenir, alors que nous étions déjà à moitié nus tous les deux dans la chambre de ses parents. Et juste comme il commençait à se remettre de son choc, à réagir, à répondre avec ses mains et sa langue, et avec le même élan que moi quand je m'étais jetée sur lui, je m'étais enfuie en courant.

Des jours plus tard, je ne savais toujours pas ce qui n'avait pas fonctionné, psychologiquement préparée et prédisposée comme je l'étais, comment étais-je passée, en un *clic*, de l'excitation à la répulsion ? Qu'est-ce qui m'arrivait ? Je voulais m'excuser auprès de Sergio de l'avoir rejeté *sans le vouloir*, mais j'avais trop honte pour trouver les mots, et c'est ce que je lui dis sur mon premier message WhatsApp. Mais Sergio m'étonna, car il trouva, lui, les mots qu'il fallait. Il comprenait mon *court-circuit*, qu'il attribuait, galamment, à *notre* inexpérience, rien qui ne puisse se régler *facilement* avec un peu de patience et le sens de l'humour, mais pour le moment il m'ajouterait à sa liste de contacts sous le nom de *Hérisson*...

Sa perspicacité me toucha au plus profond de moi, mais, ah, pour ce qui était de *facilement*, pas du tout.

Les choses s'étaient un peu améliorées lors de nos dernières rencontres, au moins ne fuyais-je plus en le laissant en plan sur le champ de bataille – la voiture de sa sœur, ou le lit de leurs parents quand ils étaient absents –, mais cela continuait à être compliqué pour moi. Mon corps se rebellait, et livrait combat. C'était quelque chose de viscéral, d'involontaire et de totalement incontrôlable. C'était une torture qui nous laissait tous les deux épuisés, frustrés, sonnés, engourdis, amers, avec des courbatures dues aux contorsions et à la tension, les cheveux pleins de nœuds, la peau tout irritée, des températures qui montaient de plusieurs dixièmes...

La sonnerie de l'interphone me fit sursauter. Je me rinçai la bouche et crachai un peu de mousse sanglante. Puis je courus à l'entrée, où je comptai jusqu'à cinquante avant d'appuyer sur l'interrupteur sans poser de question ni dire un seul mot. Je laissai la porte entrouverte et courus jusqu'à ma chambre. Je baissai le rideau, ôtai mes luettes, me jetai sur mon lit, yeux fermés et mains croisées sur la poitrine. Comme une princesse endormie qui attend son baiser d'amour, ou quelque chose comme ça, mais dès que je sentis le goût du sang sur mes gencives mon illusion romantique s'évanouit ; je m'étais brossé les dents avec trop d'énergie. Je tournai la tête sur le côté, dans un accès de pudeur, et quelques secondes d'agonie s'écoulèrent avant que je sente une présence, j'ouvris les yeux et vis une ombre projetée sur le mur. Je me retournai et c'était elle. Yési.

« Qu'est-ce qui t'est arrivé à la bouche ? dit-elle. Tu as un peu de sang aux commissures des lèvres, tu as l'air d'un vampire... »

Elle leva une main, une main petite et osseuse, et je pensai que si elle me touchait, mon cœur cesserait aussitôt de battre, mais elle la porta lentement à sa tête et ôta la capuche de son sweater. Sans lunettes et dans la pénombre, je ne la voyais pas trop bien. Il me sembla qu'elle s'était coupé les cheveux, et que ce sweater ample et avec des poches m'était familier. Quelques pétards retentirent en rafale.

« Je viens te remercier pour le sac de vêtements que ta mère a donné à la mienne, sans te consulter, si j'en juge par ta bobine… dit-elle, et en se dirigeant vers l'étagère elle ajouta : et t'emprunter un ou deux livres, si ce n'est pas abuser. À la maison il n'y a que des contes pour enfants, des pavés ésotériques et des catalogues d'électroménager en italien. »

Et où étaient passés ses livres ? Et ses vêtements ? S'étaient-ils débarrassés de tout et n'avaient-ils rien gardé de ce qui était à elle ? Pourquoi ? Et n'était-elle pas censée ne pas encore pouvoir sortir ? Qu'était-elle venue faire, en fait ? Je voulais le lui demander, mais j'avais encore la langue collée au palais.

« Sérieusement, Dési, c'est une sacrée gentillesse de la part de ta mère, et tu peux le lui répéter, mais pas la peine de lui dire que tout est un peu trop grand pour moi, ni que je suis venue ici… Je ne suis pas censée sortir, et encore moins seule. »

Elle lisait dans mes pensées, et moi je n'étais même pas capable d'interpréter ses paroles. Il me sembla comprendre qu'elle avait décidé de commencer à sortir *en cachette* quand il n'y avait personne chez elle, chose assez habituelle parce que sa mère avait été embauchée dans un spa pour conseiller de *pauvres naïves*, dit-elle, et je rougis jusqu'aux oreilles dans l'obscurité. Elle dit que son père était revenu et qu'il était reparti, en voyage d'affaires cette fois, et que les filles étaient en Italie. Que l'idée était d'y aller tous en août, dès qu'elle *irait mieux*, et elle émit un petit rire cynique qui la fit tousser. Elle dit qu'elle aimait déambuler incognito dans les rues, mais qu'elle ne reconnaissait pas le quartier, ni le quartier ne la reconnaissait, elle, et que personne ne l'avait vue jusqu'ici, sauf ma mère et moi.

« Bon, et Chimo… Tiens, il est groggy sur le divan, tu lui as donné un sédatif ou quelque chose ? »

Je fis oui de la tête.

« À cause des pétards ? »

Un autre oui de la tête.

« Mais il n'était pas sourd ? Quel âge peut-il avoir ? »

Je haussai les épaules.

« Tu te souviens, aux fêtes de Sant Antoni, quand on l'a emmené se faire bénir à l'Escuela Pía ? Le pauvre résistait comme si on l'emmenait à l'abattoir, avec toi qui le tirais par-devant et moi qui le poussais par-derrière… tu te souviens ? »

Je m'en souvenais.

« Eh bien regarde-le maintenant, un vrai débris. »

J'avalai ma salive.

« Et la campagne qu'on s'est tapée pour son adoption, tu te rappelles ? »

Je me rappelais. Un chapelet de pétards éclata, pas très loin, long, très bruyant. Yési était près de la fenêtre, elle me tournait le dos, elle venait d'allumer une cigarette et avait un nouvel accès de toux. Puis elle écarta un peu le store, se pencha sur la cour intérieure et cracha.

« Moi aussi je le voulais pour moi, mais d'après ma mère tu en avais beaucoup plus besoin que moi. Et pourtant à l'époque j'étais encore comme toi… Fille unique, je veux dire… C'était quand ? 2003, 2004 ? »

Sa silhouette qui se découpait à contre-jour me fit dresser les cheveux sur la tête et, l'espace d'une seconde, l'idée me traversa l'esprit de la jeter dans le vide, de la pousser par traîtrise (et comme ça personne ne saurait ce qui lui était arrivé, ce à quoi, moi, j'avais échappé), et j'eus même l'impression qu'elle le savait, et même qu'elle l'espérait…

« Qu'est-ce qui se passe, ici ? »

Une voix masculine à la rescousse, lançant des questions en rafale de la porte de ma chambre. Que se passait-il ? Pourquoi la porte était-elle ouverte ? Qu'avait le chien ? Qu'est-ce que je faisais au lit à cette heure-ci et dans le noir ? Pourquoi l'avais-je bloqué sur WhatsApp ?

« Ouille, dit Yési, tu as fait ça ?… que c'est mal, Désirée. »

Se rendant compte qu'il y avait quelqu'un d'autre dans la chambre, Sergio lâcha ce qu'il avait dans les mains et tâta le mur à la recherche de l'interrupteur.

La lumière se fit, plus crue à cause de la tulipe cassée, et je vis ce que jusque-là je n'avais pas pu bien voir. Que Yési avait les cheveux courts et qu'elle devait se les être coupés elle-même, sinon dans le noir, en tournant le dos à la glace. Qu'elle avait l'air d'un enfant malade. Mon copain lui aussi avait l'air d'un enfant, il regardait autour de lui sans sortir de son étonnement. Sa longue frange et ses oreilles rouges, sa chemise boutonnée jusqu'en haut.

« Salut, je suis Sergio, lui dit-il, et il s'approcha d'elle pour lui faire la bise, mais elle l'esquiva.

— Je sais. »

Une canette de bière roula jusqu'aux pieds de mon lit. Un peu plus loin, par terre, je vis un paquet enveloppé dans du papier cadeau.

« C'est quoi, ça ? Pas un cadeau, non ? Un cadeau pour quoi ? En quel honneur ?

— Bon, mercredi dernier c'était ton anniversaire...

— Mais qu'est-ce que c'est ?

— Une surprise.

— Une surprise ? »

Je sautai du lit. Tendue, raide, les mamelons comme des pierres. Prête pour la lutte. Sergio fit un pas en arrière et je vis ses pupilles se dilater. « Du calme... », me disait-il, tout en ramassant le paquet et en me le tendant, très lentement, les bras ouverts en signe de paix. Tout allait bien, mais il essaya de me faire une bise et moi aussi je l'esquivai en tournant la tête. Pauvre Sergio. « J'ai gardé le ticket, si tu veux l'échanger. Je l'ai acheté chez les Chinois. »

C'était un hérisson en feutre, avec de doux piquants argentés, et un nœud papillon grenat. En d'autres circonstances, je l'aurais même trouvé drôle, mais dans l'état de nerfs où j'étais, frôlant l'hystérie, je pris ça pour une plaisanterie de mauvais goût. Quand je le lui eus jeté à la figure, il me regarda, anéanti.

« Mais qu'est-ce que tu fais… ?

— Il vaut mieux que tu t'en ailles, intervint Yési, qui jusqu'à ce moment-là avait assisté au spectacle, impassible, en fumant dans l'encadrement de la fenêtre. Nous avons un virus très moche, et nous ne voulons pas te le refiler, dit-elle, et avec un calme stupéfiant elle le prit par le bras et le fit sortir de ma chambre.

— Oui, qu'il s'en aille ! Dehors ! »

Dès qu'ils furent sortis je ramassai la canette de bière, l'ouvris et en bus autant de gorgées que je pus, tant que mes hauts de cœur me remplirent les yeux de larmes. Puis je collai mon oreille à la porte, qu'ils avaient refermée derrière eux.

« Elle me hait… disait-il.

— Elle ne te hait pas, disait-elle, elle ne peut pas te haïr parce qu'elle ne t'aime pas… »

Ou quelque chose de ce genre, je ne compris rien. Ils restèrent à chuchoter un moment insupportablement long et je ne compris rien, ni de ce que j'entendais, ni de ce qui se passait, ni de ce que j'imaginais qu'il se passait. Et de ce qui se passa ensuite, je devais n'enregistrer que quelques détails. Le froid stagnant de la salle à manger, aucune trace de Sergio, Chimo catatonique sur le divan. La bière et le comprimé firent leur effet, je suppose, et j'étais défoncée. La dernière chose dont je me souvienne, c'est de l'odeur de la poudre dans la rue, du tumulte et des trottoirs pleins de gens, et de Yési qui marchait devant moi, je me souviens qu'elle marchait tête baissée et très vite, et le mal que j'avais à suivre son rythme et comme je me sentais perdue, jusqu'à ce qu'elle me prenne par la main.

5

« Je m'en vais, dis-je à ma mère le lendemain. Je vais passer quelques jours chez grand-mère et grand-père, pour me concentrer sur l'examen jusqu'à la fin du report… »

Toutes les fenêtres du séjour étaient ouvertes, mais il n'entrait aucun bruit de la rue, simplement une légère odeur de fumée et de poudre. Ma mère me regarda de la tête aux pieds, étonnée. Elle ne fit aucune objection mais, pendant que je rassemblais mes affaires au vol et que je les mettais dans un sac à dos, elle me poursuivit à travers toute la maison sans cesser de me poser des questions du genre que veut dire cette hâte soudaine, est-ce que j'avais l'intention de me doucher et de déjeuner avant de partir, pourquoi je n'appelais pas mon père pour lui demander de nous emmener – ce *nous* se référait à Chimo et à moi –, est-ce que j'avais appelé les grands-parents pour les prévenir…

« Aucune importance, aucune importance. Papa me l'amènera quand il pourra. J'appellerai les grands-parents en route. Le car part dans une demi-heure. »

J'avais l'air décidée et résolue, mais quand je me baissai pour dire au revoir à Chimo, qui somnolait sur un tapis dans la galerie, à l'autre bout de l'appartement, mes jambes faiblirent un peu.

« Eh… lui murmurai-je à l'oreille. Eh, hier soir tu as laissé entrer deux personnes… »

Chimo remua la queue sans ouvrir les yeux. Il valait peut-être mieux qu'il reste à la maison, disait ma mère, en me suivant tout au long du couloir jusqu'à la porte d'entrée. Le pauvre était de plus en plus maladroit et souffreteux. Et bon, pour quelques jours…

Je ne pris pas l'ascenseur. Amplifié par la cage d'escalier, le bruit de mes claquettes était un peu alarmant, mais aucun voisin ne sortit sur son palier. Je ne croisai personne. Quand j'ouvris la porte de la rue, je fus aveuglée par la lumière du soleil et, l'espace d'un instant, je vis mes peluches brûler sur un bûcher urbain. Absolument toutes mes peluches, y compris le hérisson de Sergio, qui se tortillait et criait au milieu des flammes. Mais ce n'étaient que des visions fugaces, des fragments du cauchemar qui m'avait réveillée il y avait un instant à peine, trempée de sueur, la peur au corps et une idée fixe à l'esprit. *Je m'en vais.*

Et c'était ce que je faisais, mettre de la distance entre la maison et moi ; cent quatre-vingts kilomètres, pour être exacte.

La Sénia. Au sud de la province de Tarragone, dans la comarque de Montsià. À une demi-heure de la mer par une route intérieure bordée de champs d'oliviers et de fabriques de meubles, beaucoup d'entre elles fermées. L'éclatement de la bulle immobilière a signifié un désastre pour le secteur du meuble, leader dans la zone, et a laissé un paysage désolé de hangars industriels, de magasins, d'ateliers et d'établissements de vente vides. Mon grand-père avait travaillé dans l'un de ces derniers dès son arrivée à Vinaroz, vers le milieu des années soixante-dix, avec ma grand-mère et ma mère adolescente. Sur une photo de l'époque (parmi celles, nombreuses, qu'on peut encore voir sur le buffet du séjour), ils posent tous les trois devant la maison qu'ils viennent d'acheter dans les environs de la ville, celle où ils vivaient (et vivent encore). Maison à un étage avec une cour à l'arrière, un puits et un bûcher. La façade en pierre toujours couverte de vigne vierge, verte en été, rouge en automne. À l'intérieur, les meubles aussi sont les mêmes que lorsqu'ils se sont mariés, des meubles massifs en chêne ou en noyer, parmi lesquels on remarque surtout le grand buffet surchargé de photographies encadrées. Chacune a son histoire, que ma grand-mère m'a racontée des millions de fois quand j'étais enfant, toujours à l'heure du déjeuner ou du dîner, en profitant de la stupéfaction qu'elles me causaient pour me mettre la cuiller dans la bouche. Mes favorites étaient les deux portraits de noce qui étaient (et sont encore) au centre de la dernière étagère, dans un cadre double en argent ciselé qui s'ouvre comme un livre. Il y a huit ans de différence entre les deux, et ma mère est la mariée sur l'un et sur l'autre. Sur l'un elle a les cheveux crêpés et une pompeuse robe ivoire, aux manches bouffantes et avec des volants sur le décolleté, inspirée de Lady Di et dessinée par elle-même.

« Par ta mère, je veux dire, nuança ma grand-mère. Elle l'avait copiée sur une coupure de revue, tu sais qu'elle a toujours eu beaucoup d'idées…

Mais mange, Dési, mange, ne laisse pas refroidir ton steak ! Pourquoi restes-tu la bouche ouverte ? »

Mes grands-parents m'attendaient avec la table mise uniquement pour moi. Tous deux avaient déjà déjeuné. Mon grand-père digérait dans son fauteuil à oreilles, plongé dans ses mots croisés, parce qu'on lui avait dit au Club que c'était bon pour garder l'esprit agile. Ma grand-mère, assise tout près de moi pour me regarder manger (steak accompagné de frites), me parlait une fois de plus de la robe. Cette robe que, enfant, je trouvais fascinante, adolescente, horrible, et qui à ce moment-là (été 2013, vingt et un ans) me laissait totalement indifférente, comme si je ne l'avais jamais vue. Entre un extrême et l'autre, l'histoire n'avait pas changé.

En 1982, à vingt-quatre ans, ma mère s'était mariée avec son fiancé *de toujours*, Juan Holgado, populaire dans la ville pour son caractère blagueur et ses dons de conteur d'histoires, aptitudes qui le faisaient aussi sortir du lot comme commercial dans la fabrique de meubles où il travaillait. Ils étaient fiancés depuis dix ans. Mes grands-parents le traitaient comme un fils. Le jour du mariage il n'y avait plus un siège libre dans l'église paroissiale de Sant Bartomeu ; apparemment, personne n'avait voulu manquer la robe de la mariée, réplique de celle de la princesse de Galles copiée dans les revues du cœur, et dont on parlerait longtemps, selon ma grand-mère. Son caractère pompeux éclipsait le marié, en dépit de sa corpulence et de son large sourire, sur le portrait qu'on fit du couple à la sacristie, après la cérémonie, devant un tapis flamand du XVIe siècle qu'on ne voit pas non plus. Puis ils étaient allés en lune de miel à Ibiza. Ma mère espérait en revenir enceinte, mais ce ne fut pas le cas, et pas davantage durant ses quatre années de mariage. En 1986, elle divorça et alla étudier les beaux-arts à Barcelone. La ville venait d'être élue cité olympique à Lausanne et, toujours d'après ma grand-mère, quand ma mère entendit la nouvelle à la télé elle eut une sorte de révélation et nul ne put la freiner… Le fait est que lorsqu'elle partit, Juan Holgado, le blagueur, en fit un drame et se jeta dans l'escalier. Mais il ne se cassa que deux côtes, et il se remaria l'année d'après.

Avec le temps, son histrionisme augmenta. Sa propension à faire des blagues lourdingues et à parler trop fort, son enthousiasme asservissant, son manque de modération en général. Ce n'était pas sa faute, mais tant que je ne le compris pas je fus la seule qui ne se réjouissait pas de le voir, quand il passait dire bonjour à la famille. Mes grands-parents continuaient à le traiter comme un fils. Ma mère, comme une sorte de frère jumeau un peu plus maladroit.

C'est elle qui lui conseilla de faire de la politique, quand la fabrique ferma et qu'il alla un peu moins bien. Elle était aussi la marraine de la plus jeune de ses trois filles, une enfant robuste comme son père avec laquelle elle m'obligeait à jouer pendant les vacances d'été, de Noël et de Pâques…

En 1989, ma mère se remaria, elle aussi, civilement cette fois, au siège du district de l'Eixample, sans autre excentricité qu'une veste rose fuchsia à épaulettes et cette frange bombée typique des années quatre-vingt. Bien que sa posture semble plus détendue que sur le portrait contigu, il y a toujours un voile de tristesse sur ses yeux ; d'après ma grand-mère, parce qu'elle ne tombait toujours pas enceinte, et qu'elle digérait peu à peu sa stérilité en même temps qu'elle commençait les démarches d'adoption. À son côté, de trois quarts et le regard perdu, le marié a l'air de quelqu'un qui passait par là. C'est mon père, avec cet air égaré et sceptique dont, selon ma grand-mère, j'avais hérité, sinon par voie génétique, à travers son exemple. Elle insistait souvent pour en parler, quand l'histoire des portraits de mariage tirait à sa fin, mais moi je n'étais guère intéressée par la question, et d'ailleurs jamais nous n'arrivâmes à la moindre conclusion.

Je me déshabillai. Jusque-là, je ne m'étais pas rendu compte que je portais encore l'ensemble de la nuit précédente (pantalon court et maillot à bretelles, en coton noir), ni que j'empestais la fumée. Je le lavai tout en prenant ma douche. Je dus aussi m'employer à fond avec la crasse de mes pieds, sales à force de marcher en tongs. Puis, quand je vidai mon sac à dos, je m'aperçus que j'avais oublié d'emporter le chargeur de mon ordinateur, mes notes, mes comprimés pour la gorge. Je n'avais pas non plus de pull ni d'autres chaussures que mes tongs. Mais ça ne faisait rien, ce soir-là je me couchai heureuse. Le dimanche avait mal commencé, très mal, mais l'après-midi avait été parfait. La sieste réparatrice. La douche longue, rafraîchissante. Heureuse parce que dans ma chambre, qui donnait sur la cour arrière, il y avait peu de réseau et que je me sentais injoignable et en sécurité. Du moins jusqu'à 23 h 56, où arriva le message vocal et une photo envoyée à 22 h 10 ; mystères des réseaux sans fil et de leurs aléatoires, leurs capricieuses connexions… *Je crois que tu as oublié ton chargeur, tu peux toujours, bien sûr, en acheter un en ville ou en emprunter un aux Holgado, qui doivent être en vacances… Je n'ai pas encore réussi à parler avec ton père, mais de toute façon Chimo est toujours aussi tristounet, il ne lève pas la tête… Peut-être qu'il n'a pas récupéré du sédatif, tu es sûre de lui avoir donné la dose correcte ?… Et en parlant de sédatifs, je ne trouve pas mes comprimés de Trankimazin, qui étaient dans mon armoire à pharmacie, il n'en restait que quelques-uns, mais de toute façon…*

La photo mit du temps à se télécharger. C'était une image de Chimo lové sur mon lit, visiblement *tristounet*, et seul, toutes les peluches avaient disparu. Il se peut que j'exagère, mais je jurerais que je l'ai vue avant qu'elle finisse par apparaître sur l'écran et confirme mes pires soupons ; ceux auxquels j'avais préféré ne pas penser depuis que j'étais partie du quartier comme une flèche, poussée par ce sentiment fataliste, comme d'un désastre imminent, qui m'avait envahi lors de mes deux rencontres avec Yési.

Que ce n'était pas un cauchemar, que je ne l'avais pas rêvé. Qu'à un moment donné de la nuit de la Saint-Jean, Yési et moi, main dans la main, nous nous étions débarrassées des peluches en les jetant dans le feu une à une, y compris le hérisson de Sergio.

6

Nous décidâmes que j'accompagnerais ma grand-mère au marché tous les matins, pendant que mon grand-père irait passer quelques heures au potager, une parcelle près de la rivière où il cultivait plusieurs espèces de tomates et toutes sortes de légumes. Puis ils se retrouveraient tous les deux au centre récréatif municipal, espace pour retraités qu'ils préféraient appeler le Club. J'y laisserais ma grand-mère et rentrerais à la maison avec les courses pour passer quelques heures à travailler avant le déjeuner ; *mes heures à travailler* ne seraient que l'excuse parfaite pour faire ce qu'en réalité j'étais venue faire, rien. Puis viendrait la sieste. Rassasiée, engourdie, étourdie par le chant des cigales. En fin d'après-midi je me mettrais en mouvement et me promènerais dans les alentours, à claquer des tongs ici et là jusqu'à ce que le vent de la mer me refroidisse les pieds. Ou jusqu'à ce que l'odeur du barbecue m'assaille au coin d'une rue et que la faim me ramène à la maison, où je trouverais mes grands-parents et leurs voisins dans la rue, assis au frais du soir tombant, en train de bavarder. Alors je m'infiltrerais entre eux, ferais la distraite et serais tout ouïe. À un moment donné ma mère ferait son entrée en scène par voie téléphonique. Certaines de ses paroles s'ancreraient profondément, d'autres non. Et l'ordre du jour s'achèverait toujours de la même façon : dîner sous le regard attentif de ma grand-mère, finir les mots croisés que mon grand-père abandonnait à la moitié, regarder la télé un moment et dormir.

Tel était le plan. Ni meilleur ni pire que celui d'un jour quelconque du passé (et du futur), peut-être même pas si différent. Mais au moins on me fichait la paix.

Un après-midi, Juan Holgado passa dire bonjour, il s'assit au milieu du groupe, se servit un verre de vin, en but plus de la moitié d'un coup, le remplit de nouveau jusqu'au bord et commença à parler précipitamment de sa fille cadette, Inma, de laquelle il ne savait pas quoi faire. Il dit qu'elle avait de nouveau été collée partout et qu'on l'avait renvoyée, qu'il hésitait entre la mettre dans une pension de religieuses catholiques en Irlande ou sur Mars, qu'il y avait un projet spatial qui voulait recruter cent volontaires pour un voyage sans retour vers la planète rouge, que n'importe qui âgé de plus de dix-huit ans pouvait *postuler*, qu'il l'avait lu dans une revue scientifique, dans la salle d'attente d'un urologue…

« Il faut avoir un peu de patience, dit mon grand-père.

— C'est ça, c'est ça, disait Juan Holgado en secouant la tête, mais elle vient de redoubler sa première et elle a été collée partout, même en gymnastique. Et pourtant on dit qu'elle ne s'en tire pas mal du tout… en gymnastique, je veux dire, il paraît qu'on l'a vue par là sauter par-dessus les buissons avec sa culotte aux chevilles… »

Deux voisines se levèrent et dirent discrètement au revoir, mais les autres restèrent et essayèrent de le réconforter, d'ôter de l'importance à la chose, de changer de sujet. Ça faisait un mois qu'il n'avait pas plu et les moustiques étaient agressifs… Si on n'avait pas pris ce but à la première minute, à la finale de la Coupe des confédérations, et la Canarinha nous a balayés… Mais rien à faire, Juan Holgado s'accrocha fermement à son sujet, indifférent aux petits rires et aux coups de coude; car tout le monde le connaissait trop bien pour le prendre au sérieux, mais on faisait semblant (les uns mieux que les autres) parce qu'on l'appréciait, et de plus c'était sa deuxième année comme conseiller municipal et personne ne voulait faire de gaffe.

« Il paraît que l'idée, d'un chercheur hollandais, serait d'établir la première colonie humaine en 2022… – Qu'il plaisante ou qu'il divague, il fallait reconnaître qu'il semblait bien informé. – Mars est à deux cent vingt-cinq millions de kilomètres de la Terre, et ça fait rien de moins qu'entre sept mois et deux ans et demi de voyage, ça dépend de la distance à laquelle les deux planètes sont du Soleil à ce moment-là… – Ma grand-mère rentra dans la maison préparer le repas. Les voisins partirent eux aussi peu à peu, et à la fin il n'y eut plus que mon grand-père et moi. Il commençait à faire nuit. – En avril se sont ouvertes les premières inscriptions *online*, et le délai s'achève le 31 août. Nous sommes encore dans les temps… »

Ce fut un soulagement de voir ma grand-mère se pencher à la fenêtre et crier qu'elle avait ma mère au téléphone; bien que l'aversion que j'avais pour lui se fût évanouie depuis longtemps, je ne pouvais me payer le luxe de tomber dans les griffes de la compassion, de la mauvaise conscience pour toutes les fois ou j'avais été injuste et revêche avec lui, où je ne m'étais pas laissé tanner par lui ni n'avais ri à ses blagues. Mais de toute façon, le soulagement dura le temps que je mis à prendre le téléphone. Ma mère avait une bonne et une mauvaise nouvelle à me donner, laquelle voulais-je d'abord? La mauvaise? Sûr? Pourquoi?

Eh bien il se trouvait qu'elle avait dû appeler le vétérinaire parce que Chimo était toujours *éreinté* et il n'y avait pas moyen de le faire sortir de ma chambre. Elle ne m'en avait rien dit plus tôt pour ne pas *me perturber*, mais cela faisait maintenant quatre jours et elle attendait toujours l'appel du cabinet pour aller chercher les résultats de l'analyse. Voilà ce que ma mère me dit, mais la réalité était que Chimo était mort depuis quatre jours, incinéré depuis deux, et ce n'étaient pas les analyses qu'elle attendait d'aller chercher, mais ses cendres dans une urne. Bien entendu, je ne pouvais pas le savoir à ce moment-là, je ne pouvais pas le deviner, même vaguement. *Perturbée* par cette mauvaise nouvelle, j'étais saisie d'un sentiment de culpabilité disproportionné, dont j'essayai de me libérer en accusant mon père. Je l'avais appelé *un tas* de fois pour qu'il me l'amène, dis-je, avec une véhémence telle que j'aurais pu passer avec succès au détecteur de mensonges ; mais moi aussi je mentais, je ne l'avais appelé qu'une fois. Dès lors, il fut très compliqué de se comprendre.

« Aïe, ton père…

— Qu'est-ce qu'il y a ?

— Rien, mais il n'est pas non plus dans son meilleur moment, tu es au courant ?

— Non, pas du tout.

— Je t'ai dit qu'il avait arrêté de fumer, non ?

— Non.

— Bon, eh bien ça fait quinze jours qu'il est constipé, et obsédé par l'idée de perdre ses cheveux, juste maintenant qu'il a décidé de se faire une natte…

— C'est ça, la bonne nouvelle ?

— Ne te moque pas, Dési.

— Je ne me moque pas, c'est toi qui ris, toi toute seule.

— Je ris parce que quelquefois, sans le vouloir, tu es tellement drôle…

— Je ne comprends pas. Et les grands-parents m'attendent pour dîner.

— Dési, plus que quatre jours à donner un coup de collier. C'est la bonne nouvelle, *nous connaissons* la date.

— Ah. Eh bien si tu veux parler de l'examen, sache que ça ne marche pas comme ça, maman, je ne fais pas dans mon froc.

— Évidemment que je veux parler de l'examen, de quoi d'autre, sinon ? Et ce n'est qu'une façon de parler, inutile de te fâcher.

— Je ne me fâche pas.

— Au fait, ce sera le 7.

— De quel mois ?

— Comment ça, de quel mois ? »

Nous nous disputâmes. Ma mère croyait que je me fichais d'elle, et je lui reprochais la même chose mais en fait je ne comprenais rien, je ne savais pas ce qu'elle trouvait si drôle, ni ce qu'elle me cachait (mais je devais l'apprendre très vite, le soir même). Je ne savais même pas quel jour on était.

Recalculons. Si l'examen était le 7 et qu'il *me restait quatre jours*, cela voulait dire que nous étions le 3 juillet, et que cela en faisait dix déjà que j'étais au village. Dix jours agrippée à ses routines et ses rituels inamovibles, comme la maison, comme les meubles, comme les photos du buffet et les histoires de ma grand-mère. Et le plan avait donné des résultats. J'avais perdu la notion du temps mais j'avais trouvé une consolation et une certaine liberté dans l'apathie, dans mon repli absolu sur moi-même pendant mes *heures de travail*, mes siestes stratosphériques, mes promenades sans but, les potins du village, les appels de ma mère pour faire et entendre le rapport quotidien ; depuis les rumeurs sur l'amie de mon père jusqu'aux nouvelles redoutées de Yési, en général à la dernière heure de l'après-midi, et presque toujours mauvaises.

Presque un mois après son retour, Yési ne voulait toujours pas ne fût-ce qu'entendre parler d'un bilan médical, et, d'après l'article 2 de la loi d'autonomie du patient, elle était dans son plein droit. On ne pouvait pas l'y obliger, on ne pouvait pas *l'examiner* de force. Sans son consentement *libre et volontaire*, il ne restait plus à Isa et à Piero qu'à respecter sa volonté et attendre que le temps la rende plus malléable, à mesure qu'elle récupérerait ses forces et sa confiance, tant en elle-même qu'en son entourage familial. C'est ce qu'on leur avait recommandé depuis le début, mais, curieusement, et en dépit de leurs efforts, on aurait dit qu'il se passait le contraire. Non seulement Yési n'allait pas mieux, mais son état empirait. Elle avait toujours un peu de fièvre, était sans entrain, léthargique, languissante, elle se consumait. Et plus son corps s'affaiblissait, plus sa volonté semblait ferme, et plus obstiné son silence.

Yési continuait à être une *énigme*. Comme elle n'avait pas non plus répondu à la demande des médias, ils avaient fini par disparaître du quartier, et ma mère, toujours si pratique, s'en réjouissait. Elle considérait aussi *positivement* le fait que Yési n'ait pas la moindre intention de s'enrichir avec son malheur, *quel qu'il fût*, mais qu'elle n'ait pas non plus celle de renouer avec ses études, ses amis, ses affaires (oui, ils lui avaient gardé ses affaires, dans un débarras loué dans les environs, à cause des filles, pour ne pas conditionner leur espace, pour ne pas le réduire...), ça, c'était un *très mauvais signe.* Elle ne voulait même pas de portable, ni d'Internet, et c'était le plus inquiétant, parce que n'avions-nous pas répété à satiété, Yési et moi, quand nous mourions d'envie de nous plonger tête la première dans les réseaux sociaux, que si on n'y était pas *on n'existait pas*? Et est-ce que je ne trouvais pas ça *très étrange*? Que voulait-elle donc?

Eh bien apparemment la seule chose que voulait Yési était qu'on la laisse en paix, ne pas exister, être comme un zombi, passer sa journée allongée sur son lit, sans intérêt ni illusion pour quoi que ce soit, inexpressive et inaccessible, dans mes vêtements, qui était trop grands pour elle... Un *tableau* qui déconcertait ma mère et mettait les siens hors d'eux. La consigne *Ne pas lui mettre la pression* commençait à passer sa note aux Lugano. Piero soupçonnait Yési de se lever quand il n'y avait personne à la maison, et même de sortir et de déambuler dans le quartier comme une somnambule. Le problème d'Isa était pire encore, plus préoccupant. Elle avait consulté des astrologues et apparemment Yési n'avait rien de moins que quatre planètes rétrogrades dans son thème astral, ce qui expliquait sa passivité et son repli sur soi. Isa pensait que Piero était irritable et paranoïaque, Piero qu'Isa perdait la boule. Ils se disqualifiaient et se désapprouvaient réciproquement. Le voyage en Italie était dans l'air. Août s'annonçait *très bizarre.*

7

Mars One. C'est ainsi que s'appelait (s'appelle) la mission spatiale qui veut établir la première colonie humaine sur Mars en 2022. Des volontaires du monde entier pouvaient s'inscrire en envoyant leur demande à la page officielle, sous forme de vidéo de présentation accompagnée d'un paiement préalable compris entre 5 et 75 dollars, selon le PIB de chaque pays. À ce moment-là le lien comptait 202 586 postulants, dont 27 Espagnols. Il restait du temps jusqu'à la fin août. En octobre passeraient au second tour les candidats sélectionnés après des entrevues personnelles sur Skype. Sept ans d'intense préparation physique et mentale attendaient les élus, 50 hommes et 50 femmes, dénommés les Cent de Mars, raison pour laquelle la seule condition requise pour *postuler* était qu'on soit majeur et en bonne santé.

Non, Juan Holgado ne déraillait pas. En fait, cela faisait déjà plus d'un an que la Nasa avait envoyé sur la planète rouge un véhicule explorateur, à la recherche de conditions habitables. Il s'appelait (et s'appelle) *Curiosity*.

Je ne saurais expliquer ce qui me causa une telle euphorie. Ou bien la facilité et la modicité du coût du voyage cyberspatial; sur un vieux et lent PC, à 0,80 euro l'heure. Ou bien le côté inspiré du nom et ce qu'il pouvait représenter; un espoir cosmique, un plan à très grande échelle, à très long terme. Le fait est que deux heures ne s'étaient pas écoulées depuis le dernier appel de ma mère (le *dernier* dans un sens également assez cosmique), que tant la bonne que la mauvaise nouvelle, ainsi que mon sentiment de culpabilité, avaient été balayés par la curiosité et l'euphorie.

Le store du centre d'appels à demi baissé et un Pakistanais plongé dans ses chiffres derrière le comptoir. De 22 h 15 à 23 h 40 à naviguer sur internet. 1,20 euro au total. Hallucinant. En sortant, et alors que je venais d'être avertie, je me cognai le front contre le store. J'avais la tête qui tournait. J'entendais la musique répétitive qui venait du parking, derrière le supermarché, où les soirs d'été les gamins du village se soûlaient de conserve. Les garçons, assez dispersés, se poussant et se bousculant pour attirer l'attention des filles, toutes regroupées et bien en phase sauf une, Inma Holgado. Tout en étant habillée et coiffée comme les autres, c'était la plus grande et la plus vigoureuse. La reine de la ruche. Je m'approchai discrètement pour l'observer. Elle mangeait des pipas dont elle crachait les coques par terre avec une expression insondable, quand elle me découvrit soudain, tapie entre les groupes. Elle ne me laissa pas le temps de réagir. Une étincelle dans les yeux et, une question de secondes, elle avait sauté sur moi et me le disait à l'oreille. *Je suis désolée pour ton chien, mais il était supervieux, non ?… C'est ta mère qui l'a dit à mon père ; quand elle a appelé hier, ou avant-hier, je ne sais pas…* Dès lors, je n'entendis rien de plus. La trêve expira. Le jeudi 3 juillet après minuit, elle prit fin dans les bras d'Inma Holgado. Le lendemain midi, après un peu plus de trois heures de car avec deux arrêts en chemin, j'ouvrais la porte de l'appartement et restai quelques instants immobile, engagée dans le couloir, espérant entendre le crissement sec de quatre ongles sur le plancher.

Le premier fut le poster du chat roux prenant le soleil, celui qui certifiait qu'aucun type qui me plût n'était entré dans ma chambre, celui qui dénonçait mon obstinée, ma pathologique virginité. Puis vinrent les autres posters, les cartes postales et les dessins, les photos une par une. Avec Pablo Alborán sur le quai du train Barcelone-Madrid ; lui empressé et affable, moi tendue et mal à l'aise, l'étoile casse-pieds. Le profil de mon Amy Winehouse adorée en plein processus d'autodestruction ; son chignon crêpé de plus en plus haut, le coin de l'œil de plus en plus long, le nez juif de plus en plus juif. La série de quatre avec Sergio au Photomaton. Le tableau avec mon nom au point de croix et mon journal furent les derniers à tomber. Je pris mon temps, concentrée sur ma tâche au point de ne plus ressentir ni tristesse, ni rage, ni rien. Rien, même si Chimo n'était pas sorti m'accueillir et n'était pas camouflé parmi les peluches agglutinées sur mon lit, même s'il n'y avait plus de peluches sur mon lit.

Je mis le tout dans deux sacs-poubelles et les portai dans la ruelle. Sur les murs, les graffiti habituels, apparemment contradictoires et incohérents ; cœurs transpercés d'une flèche, grosses queues palmées, colombes de la paix, svastikas. Et un ou deux autres messages nouveaux ; un, général, appelant à la mobilisation de l'association pour la Diada*, Voie catalane vers l'indépendance, et un autre plus modeste, personnel, *Dési déserteuse.* Le ciel était couvert, il faisait très lourd. Je jetai tout

* Fête nationale en Catalogne.

dans le conteneur et me dirigeai vers la boutique de ma mère, flamberge au vent. Je savais qu'elle ne m'attendait pas avant le jour de l'examen, et je voulais la prendre en traître. *Tornem de seguida**, disait la petite pancarte sur la porte, et j'attendis. J'attendis jusqu'à ce que se déchaîne un orage passager et alors je me mis à descendre la rue en courant, vers le studio que mon père avait monté pour son compte, avec l'argent de son indemnisation, Rambla del Raval. Mais il n'y avait personne non plus. J'attendis encore je ne sais combien de temps, trempée jusqu'aux os. Je n'avais pas de portable pour appeler ni les clés de la maison parce qu'elles étaient dans mon sac à dos, que j'avais jeté lui aussi dans le conteneur. Il devait y être encore. Je me mis de nouveau en marche, dans l'idée de le récupérer, en pressant le pas, aussi vite que je le pouvais avec mes tongs. Je ne m'arrêtai que lorsque je fus arrivée chez Yési.

Dans mon imagination enfantine, le père de Yési, Piero, avait été le grand méchant loup. L'homme velu et intimidant, qui *taraudait* sa femme pour lui faire un garçon, à ce que j'entendais dire aux clientes de la boutique, avec un certain tremblotement dans la voix, quand j'étais encore petite et

* Je reviens tout de suite.

que je les croyais. C'est pourquoi je mis quelques secondes à le reconnaître quand il m'ouvrit, en bermuda, chemise ouverte et une chaîne d'argent parmi les poils de sa poitrine, gris comme ceux de ses pattes. Il n'était même pas plus grand que moi.

« Dési ? Ça alors, quelle surprise… Et comme tu as changé… »

Quand il me serra dans ses bras, il me marcha sur les pieds sans s'en rendre compte. Il ne remarqua pas non plus la bosse sur mon front. Lui aussi était tout surpris. Dans la pénombre de l'entrée nous échangeâmes quelques questions et quelques réponses élémentaires. Ma mère ? Bien, à la boutique. Mon père ? Je ne savais pas, mais bien lui aussi. Isa ? Elle travaillait. Les filles ? en Italie. Yési, silence.

« Mais *avanti,* je t'en prie, Dési. Tu es trempée… »

Le salon était un chaos. Par terre, une très grande valise, ouverte, et beaucoup de jouets et de vêtements de petite fille dispersés sur le divan. Piero s'excusait du désordre en remuant tout en quête d'une serviette. Il disait que les filles *réclamaient* leurs affaires et qu'il devenait fou en essayant de faire un choix, parce que l'idée était toujours de partir tous ensemble en août, à condition que Yési aille suffisamment bien. Mais sinon… Il se retourna pour me passer la serviette et moi, lâchement, je baissai les yeux. Sur la table du milieu il y avait quatre petites bouteilles de bière vides.

« Sinon… continua-t-il, sans ma collaboration, j'ai bien peur qu'il faille envisager de prendre des mesures légales, c'est la seule solution. Si elle ne veut pas aller chez le docteur de sa propre volonté il faudra obtenir l'ordre d'un juge pour l'y emmener de force. Bon, c'est mon avis, et sa mère aura beau s'y opposer… – Sa voix âpre débordait de toute l'impatience et de toute l'amertume accumulées. Je frissonnai, et croisai les bras pour qu'il ne le remarque pas. –… Isa préfère croire à l'influence des astres et des merdes de ce genre, mais que veux-tu que je te dise… Je veux simplement que tout redevienne comme avant, et il me semble qu'au point où nous en sommes ce n'est pas trop demander, non ? »

Je ne le lui dis pas pour ne pas le contredire, ni l'encourager à poursuivre sur ce terrain, mais moi je dirais que si, que c'était trop demander. Presque comme être de nouveau aussi brun et volumineux qu'*avant*, tel que je me le rappelais. Tel qu'il était *avant,* il ne restait pas beaucoup non plus de traces du salon des Lugano ; du moins de la dernière fois où je m'y étais trouvée, en mai 2008, pour soutenir Rodolfo Chikilicuatre lors de son passage à l'Eurovision. Les médailles et les diplômes de Yési avaient disparu des étagères. Les ravissants portraits de studio que je lui avais tellement enviés, remplacés par ceux des deux filles qui ne lui ressemblaient en rien : teint foncé et cheveux noirs, front trop étroit et yeux trop rapprochés. Ses sœurs avaient envahi aussi ce qui avait été sa chambre, la première en prenant le couloir. Deux lits croisés perpendiculairement et les prénoms au point de croix dans leurs cadres respectifs : Lisetta, Anna.

« Elle n'en veut pas... dit Piero du seuil. – Je croyais l'avoir laissé en train de jurer au salon, et je sursautai en le voyant là. – Sa mère et moi lui avons gardé toutes ses affaires, mais elle dit qu'elle n'en veut pas, et qu'elle ne veut pas non plus récupérer sa chambre... »

Je ne trouvais rien à répondre. En l'esquivant, et en essayant de ne pas le frôler en sortant, je me dirigeai vers la pièce arrière, qui en son temps avait abrité deux berceaux, et avant même, avant les filles, le bureau privé d'Isa, sa chambre à elle.

« Tiens, voilà ce qu'on va faire... – Piero me suivit dans le couloir, en boutonnant sa chemise. Le parquet crissait sous son pas. – Si tu es d'accord, je vais profiter de ta présence pour sortir faire quelques courses, et après, s'il pleut toujours, j'irai chercher Isa, d'accord ?... Et tu resteras dîner. Je rapporterai des pizzas. Bon, maintenant il vaut mieux que je vous laisse seules... »

Séparé de la galerie par un rideau, le minuscule espace n'avait ni porte ni meubles. Un matelas par terre et un sac de linge propre et plié, *mon* linge, un paquet de cigarettes et un briquet, un cendrier et un verre vides, un vaporisateur éteint. Rien d'autre. L'atmosphère sans charme et provisoire de quelqu'un qui est de passage et ne pense pas rester longtemps.

« Je suis là », dit Yési dès qu'elle entendit se refermer la porte de la rue.

Sa voix venait de la salle de bains. Avant d'entrer, j'ôtai mes tongs.

« Ferme la porte.

— Il n'y a personne.

— Ferme et mets le verrou. »

J'obéis. La condensation d'eau chaude embua aussitôt mes lunettes. Yési était dans la baignoire, enveloppée de vapeur, elle murmurait.

« Qu'est-ce que tu dis ?

— Je dis que tu arrives tard mais encore à temps, et c'est ce qui importe. – Sa voix était râpeuse, et très faible. – Mais viens ici, approche, ne reste pas plantée comme ça… »

Je m'assis sur la cuvette des W.-C., à côté d'elle. Bien que j'aie ôté mes lunettes je continuai à éviter tout contact visuel. Comment Yési savait-elle que j'allais venir, si je ne le savais pas moi-même ? Et *à temps* pourquoi ? J'espérai qu'elle me le dirait sans que je le lui demande ; non par orgueil, peut-être par honte, son autre face, et surtout parce que je craignais sa réponse. Aucune de nous ne dit rien pendant un bon moment, jusqu'à ce que Yési me demande quelle heure il était.

« Je ne sais pas.

— Il fait nuit ?

— Pas encore.

— Quel jour sommes-nous ?

— Vendredi, je crois. – Une pointe au côté, un signal d'alarme, un mauvais pressentiment. – Pourquoi ?

— Pour rien, en fait je me fous complètement de savoir quel jour on est... Je te l'ai dit, la seule chose qui importe c'est que tu sois enfin ici. »

Oui ? eh bien je suis là, seule avec toi, dans cinq mètres carrés sans fenêtre, carrelés de haut en bas d'azulejos vert pâle, en train de me demander pourquoi exactement je suis là, ce que je dois faire maintenant, ce que tu veux que je fasse de plus... Tout cela, je ne fis que le penser, j'entendais les mots prononcés dans ma tête pendant que je racontai à Yési que je venais de mettre mon portable à la poubelle, un instant plus tôt, mon portable et tout le reste, comme elle m'avait suggéré de le faire. Mais ou bien elle ne m'entendait pas ou bien ça ne l'intéressait pas, et comme elle avait les yeux fermés j'en profitai pour la regarder.

Cheveux rares, peau grisâtre, lèvres desséchées, contractées dans un rictus de douleur. Sous la surface verdâtre de l'eau, poitrine plate et côtes marquées, une tache comme un pâté sombre à la hauteur du cœur, hanches étroites, pubis sans poils, genoux osseux, plus longs presque que les cuisses, pieds minuscules, d'un blanc bleuté… Je ne saurais dire combien de temps je la regardai, assez longtemps je suppose parce que l'eau se refroidit et que Yési commença à frissonner. Je n'avais qu'à tendre le bras, ouvrir le robinet et laisser couler un peu d'eau chaude, mais je ne pouvais bouger. J'étais remuée, horrifiée et, aussi étrange que cela puisse paraître, fascinée.

« Tu as très mauvaise mine, dit-elle soudain, en m'observant par la fente d'un œil entrouvert.

— Toi aussi.

— Oui, mais moi je suis morte… Et toi, qu'est-ce que tu as ? Quelle est ton excuse ?

— Ma mère a sacrifié Chimo sans me prévenir…

— Je sais.

— Très bien, alors je m'en vais. »

Je me levai. Yési sortit une main de l'eau et me saisit le poignet, faiblement. Je vis sur le sien un petit tatouage de forme pointue (peut-être une dague, ou un poignard) et je me libérai d'une secousse, brusquement dégoûtée.

« Ne te fâche pas, Dési…

— Je ne me fâche pas. »

Elle avait ouvert les yeux, très grands, et bien qu'elle me regardât fixement il me sembla qu'elle ne me voyait pas, ou qu'elle voyait au-delà de moi, elle voyait au-delà de moi, à travers moi.

« Si, tu te fâches... disait-elle en haletant sous l'effort, en traînant les mots, tu te fâches tout le temps, tu te fâches pour tout...

— Très bien, si tu le dis.

— Tu te fâches tellement que parfois tu ne peux pas le comprendre, ni l'exprimer...

— C'est possible.

— ... et alors... alors ça peut être assez drôle, tu sais ?

— Non, je ne sais pas, je ne sais pas de quoi tu parles.

— Mais c'est comme ça que tu le fais, comme tu l'as toujours fait... c'est comme ça que tu gardes ton innocence...

— Je ne sais pas de quoi tu parles, je ne te comprends pas.

— Mais si... Fille maligne... Dans cette grotte obscure où tu te caches... »

Je m'étais rassise et j'étais penchée sur elle, tout près de sa bouche parce qu'elle balbutiait et que j'avais assez de mal à la comprendre. Et j'avais posé les mains sur ses épaules parce que j'avais l'impression qu'elle s'endormait, ou perdait conscience, et je ne savais pas encore ce que je devais faire, pourquoi j'étais là, tellement *à temps* de la saisir, ou de la lâcher. Quand enfin je le lui demandai, elle fit légèrement oui de la tête, mais ne répondit pas. En fait, elle ne dit rien de plus. Et je continuai à attendre jusqu'à ce que ce ne soit plus nécessaire parce que j'avais compris.

8

Isa et Piero arrivèrent à 20 h 45, selon le procès-verbal de la police. Mouillés. Nerveux. Avec des pizzas. Ils virent mes tongs à la porte de la salle de bains et y collèrent l'oreille, mais n'entendirent rien. Isa frappa discrètement parce qu'elle voulait se sécher les cheveux. N'obtenant pas de réponse, et pour *ne pas déranger*, elle n'insista pas. Pour ne pas *discuter*, Piero alla s'ouvrir une bière à la cuisine et Isa se fit un turban avec la serviette dont je m'étais servie. Ils attendirent dans le salon. Ils regardèrent le jeu *Bouche à oreille* puis les informations. Piero but deux autres bières et dut uriner dans l'évier, dans une cuvette. Les pizzas refroidirent. Une demi-heure plus tard ils frappèrent de nouveau, doucement d'abord, puis de façon insistante. À 22 h 50 Isa fit le numéro des urgences et Piero força la porte.

D'après ce qui ressort de sa déclaration, la première chose qu'il vit en faisant irruption dans la salle de bains, ce fut moi, assise bien droite sur la cuvette des W.-C., absorbée, plongée dans mes pensées, *très loin de là*. Puis il vit Yési immergée dans la baignoire. Il ne poussa aucun cri, se contenta de la sortir délicatement de l'eau et de tenter de la ranimer, sans que je fasse *la moindre tentative* de l'aider. Isa, elle cria, cria *sans interruption* jusqu'à ce que les services de secours arrivent et prennent la situation en main.

Les hurlements d'Isa me ramenèrent à un décor qui était tout à coup plein de gens. Des gens qui gênaient, glissaient, suaient dans leurs uniformes, des gens qui me touchaient le visage et me posaient des questions, dans une atmosphère brumeuse et étouffante… *Que s'est-il passé ici? Qui es-tu?…* Des gens aussi à mes pieds, autour de Yési. Ses bras ouverts sur le sol, maigres comme des bâtonnets, les paumes ridées de ses mains. Je ne pouvais pas voir grand-chose d'autre mais je savais qu'elle ne répondrait à aucune question ni à aucune stimulation parce qu'elle était morte… *Qui est-ce? Qu'est-ce qui s'est passé?…* On me transporta au salon, en me tenant par les aisselles, sans que je touche le sol, et on m'allongea sur le divan, où on continua à me toucher et à me poser des questions… *Tu as mal?… Et là?… Comment t'es-tu fait ça? Tu as pris quelque chose? Des médicaments? Des drogues? Tu as des allergies?…* On me tâtait le front, on m'examinait les yeux et la gorge, on prenait ma tension et ma température, on m'auscultait le cœur et les poumons… *Tu ne veux pas dire comment tu t'appelles ? Quel âge as-tu ? Tu nous entends ?…* Il y avait beaucoup de confusion. Des voix atténuées par les palpitations lancinantes qui résonnaient dans ma tête. En musique de fond les lamentations saisissantes d'Isa, dont on s'occupait difficilement à cause des signes d'anxiété qu'elle présentait, dans la chambre à coucher matrimoniale. Dans le couloir, les murmures de Piero qui donnait des explications, ou qui tentait d'en donner… *Je ne sais pas, je ne sais pas ce qui s'est passé… Yesica Lugano… Non, non, ma fille a vingt et un ans… Et elle n'est pas mineure non plus… Désirée Ribó… Sa meilleure amie, sa seule amie…* Mon mal de tête disparut sitôt que je bus les deux verres d'eau qu'on me donna. Et quelqu'un eut l'attention de me mettre mes tongs et mes lunettes, avant de sortir de la maison. On ne me mit pas les menottes.

La fraîcheur du soir me réveilla tout à fait. Il avait cessé de pleuvoir et l'atmosphère était humide. Je parcourus les quelques mètres jusqu'au fourgon de police sans quitter le sol des yeux, tenaillée par la pression d'une main sur ma nuque, mais une fois dedans je me sentis enveloppée et protégée par un étrange calme. À travers les vitres teintées je vis les gens qui continuaient à entrer et sortir de l'immeuble, certains voisins perplexes derrière la bande de police jaune et, un peu plus loin, l'ambulance toutes lumières éteintes dans laquelle le corps de Yési serait transféré au dépôt, pendant que je ferais ma déclaration au commissariat.

Oui, je comprenais les raisons pour lesquelles j'étais détenue, je comprenais les droits qu'on me lisait, je signai quelque chose, je répondis à tout. En fait, au cours des soixante-douze heures suivantes et jusqu'à ce que je sois remise à la disposition de la justice, je ne fis rien d'autre que de *répondre* pour la mort de Yési, sans contradictions ni ambiguïtés, et sans que les conséquences m'en importent. D'abord aux agents et au juge d'instruction, puis à l'avocat qui m'assista et qui essaya de me dissuader, et enfin aux médecins et aux psychologues qui m'examinèrent, sous surveillance policière, à la demande de mes parents stupéfaits.

Bien que ce fût le week-end, l'enquête avança sans problème. Chacun de mes pas fut rapidement vérifié, mon itinéraire contrôlé et reconstitué ; depuis que j'étais descendue du car à la gare routière de Sants, à 13 heures pile, jusqu'à ce que les services de secours fassent leur entrée dans la salle de bains des Lugano, désormais mises sous scellés comme scène de crime. La chronologie fut établie de manière plus ou moins exacte (seul point où j'étais *ambiguë* jusqu'à la confusion) et les scènes ordonnées en conséquence.

À 13 h 30 j'ouvrais la porte de la maison et un peu plus d'une heure après je sortais du porche en direction de la ruelle. Une voisine d'escalier m'avait vue traverser la rue avec deux sacs-poubelles. Une autre m'avait vue m'arrêter devant la boutique de ma mère aux environs de 15 h 00. Les deux avaient remarqué ma bosse sur le front. À 16 h 45 j'étais Rambla del Raval. Une caméra de surveillance de la zone avait enregistré l'heure et demie et plus où j'étais restée plantée devant le bureau de mon père, à supporter l'averse, l'air absente, comme une sorte d'androïde sous la pluie. À 19 h 00 Piero m'accueillait *trempée* à la porte de chez lui. Une demi-heure plus tard il sortait chercher Isa et ils revenaient tous les deux à 20 h 45. Si l'appel aux urgences avait été passé à 22 h 50, cela veut dire que je suis restée dans la salle de bains des Lugano, seule avec Yési, trois heures vingt en tout. En tenant compte du fait que le rapport préliminaire de l'autopsie avait déterminé l'heure de sa mort (*asphyxie par submersion*, après l'ingestion *modérée* d'anxiolytiques) vers 21 h 30, seule avec elle une heure et vingt minutes. Seules à regarder la mort en face. Seules pour la dernière fois avant longtemps, très longtemps.

On récupéra dans le conteneur les deux sacs-poubelles et mon sac à dos. Mon journal, mon ordinateur, mon portable et les réseaux sociaux furent fouillés de fond en comble. On recueillit le témoignage de membres de ma famille et d'amis. *Introvertie, sauvage* même, mais *inoffensive, un peu je-sais-tout* et malgré tout immature... Voilà comment me décrivirent mes amies, une fois le groupe consulté à travers sa porte-parole, Laia. Malgré leurs nombreux appels et messages, aucune n'avait pu entrer en contact avec moi depuis le retour de Yési et notre première rencontre, le 9 juin. Le 15, j'avais quitté le groupe avec un *Désirée est partie* sec, et le lien (tendu, fragile) s'était définitivement brisé en deux. Depuis cette date, aucun mouvement sur mes comptes. Sergio lui non plus n'avait aucune nouvelle de moi et, encouragé par ma mère, il s'était présenté à la maison le soir de la Saint-Jean. Son témoignage recueillait les brefs et *troubles* moments dont il avait été témoin, lors de ce qui avait été ma deuxième rencontre avec Yési, qu'il décrivait comme *sombre, maigrichonne, maladive...* En fait, il avait cru que nous étions toutes les deux *très malades* et que nous pouvions le contaminer, entre autres choses parce que c'était ce que Yési lui avait dit pendant que moi, *complètement hystérique*, je m'en prenais à lui. Puis elle lui avait parlé de l'amour et de la haine, tapis tous les deux derrière la porte, mais il n'avait *rien* compris...

Au village, la nouvelle fut reçue avec stupeur. Devant la gravité de la chose mes grands-parents fermèrent la maison et prirent le car le samedi après-midi même, après avoir été interrogés par les policiers. Non, aucun changement dans ma conduite ni dans ma routine de travail et de recueillement, pendant les dix jours que j'avais passés avec eux je n'étais sortie que la veille au soir de mon départ, et je n'étais même pas rentrée tard. Ma grand-mère s'était fait du souci parce que j'étais partie sans petit-déjeuner ou presque et que je n'avais sûrement rien mangé de la journée. *Dési ? La petite-fille des Caralps ? D'homicide ?...* Oui, c'est elle qui m'a annoncé la mort du chien, pensant que *j'étais déjà au courant*, mais de toute façon elle ne m'avait pas trouvée trop affectée, du moins quand elle m'avait serrée dans ses bras était-elle *aussi tendue que d'habitude...* En revanche, le Pakistanais du cybercafé m'avait trouvée *perdue*. Il se souvenait du store contre lequel je m'étais cognée et avait signalé l'endroit exact, ainsi que la cabine et l'ordinateur qui m'avaient été assignés. En suivant ma trace sur le navigateur, ils étaient arrivés à Mars.

Et pendant tout ce temps je m'affirmais dans ma culpabilité, je répondais volontairement, et contre le conseil de mon avocat, à l'accablante quantité de questions qu'on me posa et reposa durant les interrogatoires et les évaluations psychiatriques, tout au long de cet exténuant week-end. Non, ce n'était ni planifié ni prémédité, ce n'était pas non plus un accès de panique, ni une crise de fureur irrationnelle et perverse. Je ne m'étais pas sentie menacée et on ne me l'avait pas ordonné deux fois. Personne ne m'avait obligée. J'avais fait ce que j'avais fait de ma propre décision, et je l'avais fait par compassion, pour soulager sa souffrance, parce que j'avais compris qu'elle était très malade et qu'elle souffrait, qu'elle agonisait, qu'elle était en train de mourir.

La chronologie de Yési, lors de ses vingt-quatre dernières heures, occupa quelques lignes du rapport. Elle n'était pas sortie de chez elle de la journée. D'après ses parents, elle avait passé la matinée à languir sur son matelas et l'après-midi dans la baignoire. Elle n'avait rien mangé, et n'avait pris qu'un bol de lait (saisi lors de la fouille, sans mes empreintes), à un moment donné dans l'après-midi, et dans lequel on présumait qu'elle avait fait fondre une poignée d'anxiolytiques. Isa ne savait pas d'où elle pouvait les tenir, car chez eux il n'y avait que des *remèdes naturels* et, sauf pour la visite qu'elles nous avaient faite toutes les deux à ma mère et à moi, le lendemain de son retour, Yési n'était jamais sortie et n'avait communiqué avec personne. Pour Piero, ce n'était pas aussi clair, mais jusque-là ce n'avait été qu'une présomption, un *pressentiment* qu'il avait et pour lequel il avait été traité de paranoïaque. Apprendre que Yési avait décidé de sortir *déambuler incognito* dans les rues du quartier, et qu'elle l'avait fait au moins une fois, en accord avec mes déclarations et celles de Sergio, cela avait été trop pour les Lugano. Ils s'étaient tellement efforcés de respecter son intimité, son hermétisme, et même son désir de secret. Ils s'y étaient efforcés au maximum, tant l'une que l'autre, et malgré leurs désaccords. Mais cela n'avait servi à rien. Et ils ne savaient plus quoi penser, ils étaient épuisés.

La triste vérité était que personne d'autre n'avait vu Yési ni parlé avec elle depuis qu'elle était rentrée, avec *ce qu'elle avait sur elle*. Et qu'on n'avait trouvé aucun message d'elle, aucun mot d'adieu, aucune lettre où elle aurait fait état de ses intentions ou de ses dernières volontés. Et qu'elle *n'existait pas* sur les réseaux sociaux. Les boîtes avec ses affaires, dans un box de stockage des environs, contenaient les restes de ses goûts et de ses réussites passées. Ses trophées et ses médailles, son violoncelle, ses dossiers scolaires, ses albums photos. Souvenirs de la Yési qui brillait, legs de sa prometteuse perfection. Mais de celle qui était revenue on ne savait d'où, de celle qui était sortie d'un trou noir et était revenue, comme un mort qui sort de sa tombe, mal en point et contracté par la douleur, de celle qui avait passé un mois parmi nous sans à peine ouvrir la bouche, impassible et indifférente, il ne restait rien. Ou du moins le pensions-nous.

La détestais-je ? L'avais-je jamais détestée ? Me sentais-je menacée par son retour ? Responsable de son sort ? Coupable du mien ? En dette ? L'enviais-je ? Avais-je abrité des fantasmes, des rancœurs ou des obsessions ? Me sentais-je attirée par elle ? Ou, au contraire, me répugnait-elle ou me faisait-elle peur ? Quelle avait été ma réaction lors de notre première rencontre ? De quoi avions-nous parlé ? Yési m'avait-elle dit qu'elle était malade ? M'avait-elle dit quelque chose qui laissait à penser qu'elle était ou pouvait être malade ? Avions-nous décidé d'une seconde rencontre, le soir de la Saint-Jean ? De quoi avions-nous parlé à cette occasion ? M'étais-je sentie alors effrayée ou fâchée, ou les deux ? Et pourquoi m'en étais-je prise à mon petit ami ? Et pourquoi avais-je ensuite brûlé toutes mes peluches ? Qui en avait pris l'initiative ? Le lendemain, j'étais partie précipitamment, que fuyais-je ? Avais-je pris quelquefois contact avec Yési ? Avais-je pris contact avec quelqu'un au cours des sept jours où j'étais restée au village ? La veille de mon retour, étais-je sortie pour boire, avais-je pris de l'alcool ? Avais-je consommé de la drogue ? Dans quelle intention m'étais-je présentée chez les Lugano, l'après-midi du 4 juillet ? Avais-je rendez-vous avec Yési ? Pourquoi avais-je auparavant vidé ma chambre et jeté toutes mes affaires à la poubelle ?

Essayais-je de me débarrasser de quelque chose ? De quoi ? Suivais-je des instructions ? De qui ? D'une voix ? De mon instinct ? De Yési ? Et dans tous les cas, pourquoi me sentais-je *obligée* à obéir ? Cela me contrariait-il ? Étais-je en colère à cause de la mort de mon chien ? Triste ? Dans quelle intention avais-je mis le verrou à ma porte ? Quel était mon état d'esprit ? Et celui de Yési ? De quoi avions-nous parlé ? Qu'est-ce qui m'avait conduite à *penser* qu'elle était très malade et qu'elle souffrait ? S'était-elle plainte ou m'avait-elle dit quelque chose à ce sujet ? Qu'est-ce qui m'avait conduite à *comprendre* qu'elle était en train de mourir ? Avais-je à un seul instant eu l'idée de demander de l'aide, de prévenir ses parents, les voisins, d'appeler les urgences ? Pourquoi non ? Savais-je qu'en ne le faisant pas je commettais un délit ? Étais-je consciente de ses conséquences ? Savais-je que l'article 43 du Code pénal punit de prison quiconque aide à mourir quelqu'un, même à sa demande ? Yési me l'avait-elle demandé ? Quand et comment me l'avait-elle demandé ? Avec quels mots me l'avait-elle demandé ? Est-ce moi qui lui avais fourni les anxiolytiques ? Les avais-je dérobés à ma mère le soir de la Saint-Jean en question, ou l'avait-elle fait elle-même ? Avec ou sans mon consentement ? Si son intention était de se suicider, pourquoi ne l'avait-elle pas fait alors, ou les jours suivants ? Avait-elle choisi ce jour-là pour un motif particulier? M'attendait-elle? Avions-nous rendez-vous? Y avait-il entre nous un pacte préalable? En avions-nous parlé à l'occasion? Dans quels termes? Avait-elle manifesté de façon *explicite et sans équivoque* son désir de mourir? Et de quoi avions-nous parlé? Quelles avaient été ses dernières paroles? Avaient-elles un sens pour moi, une sorte de signification cachée ou de message secret? Et qu'avais-je fait pendant que Yési s'endormait jusqu'à perdre conscience? M'étais-je limitée à attendre, ou *avais-je coopéré* de manière active? Dans ce cas, s'était-elle défendue? Avait-elle opposé une quelconque résistance? Est-ce moi qui avais flanché? Qu'avais-je fait ensuite? Qu'avais-je fait pendant l'heure et vingt minutes qui avaient suivi? Qu'avais-je fait pendant tout ce temps?

Le cadavre de Yési ne présentait pas de signes extérieurs de violence, griffures, contusions, restes biologiques sous ses ongles, meurtrissures, ni aucun autre indice récent de lutte ou d'efforts pour se débattre, aucun signal d'une tentative de se défendre. On n'observa pas non plus de marques de lésions anciennes, sauf une *cicatrice de trois centimètres sur le plancher pelvien, compatible avec un déchirement périnéal d'origine obstétrique*, ce qui signifiait que Yési aurait mis au monde au moins un fils ou une fille, dans une période non inférieure à un an ni supérieure à deux, d'après le rapport du légiste, et qu'elle n'avait *probablement* pas reçu d'assistance hospitalière pendant l'accouchement. Son dossier dentaire comparé confirma qu'il n'y avait pas eu non plus de restauration buccale postérieure à sa disparition. Les trois tatouages localisés sur son corps durant l'examen externe avaient été dûment décrits, mesurés et photographiés. L'un, de deux centimètres sur le poignet gauche (et qui se révéla non pas un poignard ni une dague, mais un délicat petit hippocampe), à l'encre bleue et au dessin maladroit. Un autre situé sous le sein gauche, à la hauteur du cœur (la tache que j'avais cru voir entre ses côtes), et qui représentait également un cœur, dans sa forme anatomique, avec la particularité que son contour semblait avoir été redéfini *récemment*, à l'encre noire sur l'encre bleue d'origine, et l'intérieur *craquelé*, avec des fissures tant horizontales que verticales, qui cherchaient à simuler un effet de durcissement ou de *pétrification*. En noir aussi le troisième tatouage, une série longitudinale de chiffres, de lettres et de symboles (peut-être un code ou des coordonnées géographiques), dans la partie postérieure du corps, entre les omoplates.

L'examen avait révélé ce qui la rongeait réellement de l'intérieur (comme l'avait assuré un jour Isa, dans son bureau plein de bols). *Glioblastome multiforme grade IV.* Une tumeur maligne et invasive de la grosseur d'une noix, cachée au plus profond de sa tête, enracinée dans son cerveau, et qui grossissait sans doute depuis des années, peut-être depuis longtemps avant sa disparition. Les médecins qui l'analysèrent ne se mirent pas d'accord pour dire combien de temps elle aurait gagné, et dans quelles conditions, si on l'avait opérée ou traitée. Deux mois de plus ? Trois ? En tout cas, si elle n'avait reçu aucun type de traitement, et sans les soins nécessaires pour pallier les symptômes et soulager la douleur, ses jours auraient été comptés.

Les analyses toxicologiques furent négatives pour l'alcool et les drogues (les miennes aussi), à l'exception de la benzodiazépine, le principe actif de l'Alprazolam qu'elle avait assimilé ou qui flottait encore dans son appareil digestif, plein de lait et d'eau. Quant à son anémie et au déficit en vitamine D dans le sang, ils étaient *compatibles* avec sa tumeur, de même que son faible tonus musculaire, son extrême maigreur, sa détérioration physique générale, et aussi mentale, ses changements de comportement et de caractère, son indifférence, sa négligence, sa résignation.

Le rapport de l'autopsie judiciaire de Yési devait jeter un peu de lumière au plus profond du trou noir, et surtout corroborer une donnée fondamentale de mon récit auto-inculpatoire – *qu'elle était très malade et qu'elle souffrait, qu'elle agonisait, qu'elle était en train de mourir* –, en offrant, sinon un mobile, une motivation, pour critiquable et polémique qu'elle fût. Mais cela, ce serait plus tard, et ne serait guère utile. En tout cas, c'était tout ce que Yési *avait dit* un jour qu'elle s'était sentie assez en sécurité pour commencer à s'ouvrir. En son temps, comme ils avaient toujours dit qu'elle le ferait. Sur la table du légiste ? Son cadavre attendit dans un cercueil réfrigéré des analyses complémentaires et un examen génétique, puis il fut incinéré dans l'intimité, sans révéler le noyau dur de son secret. À l'époque, cela faisait trois semaines que j'étais au centre pénitentiaire de Wad-Ras.

Le lundi 8 juillet 2013, après la lecture des charges et après que j'eus reconnu les faits qu'on m'imputait, le juge d'instruction décida que le mieux était de prononcer un acte d'emprisonnement provisoire. Pour mes parents et mes grands-parents, ce fut un choc, ils ne s'y attendaient pas, ils espéraient que je rentrerais à la maison et que j'y attendrais le jour du jugement, mais moi cela me fut égal. Je ne ressentis rien. Je ne pensais à rien. J'étais exténuée, vidée intérieurement.

De mon premier jour au module d'internement, je n'ai que de très vagues souvenirs. Des images floues d'entrevues avec assistantes sociales, éducateurs et médecins. Fouilles, nouvelles questions, démarches réglementaires. Tout allait trop vite et je n'assimilais rien. Jusqu'à ce qu'on m'ait assigné une compagne de cellule, une détenue de soutien qui avait pour mission de me surveiller et de me mettre au courant de mes droits et de mes obligations, des codes et des règles du centre, écrits et non écrits. Elle s'appelait Nati. Elle serait mon premier souvenir net, ma première référence solide, sûre, dans ce labyrinthe plein de voix qu'était Wad-Ras. Elle m'encouragea à l'explorer.

Voix de femmes. Au début, elles m'écrasaient tant que c'est à peine si j'osai sortir de la cellule. J'évitai les zones partagées et les activités de groupe aussi longtemps que je le pus, et quand je n'eus plus le choix je fis tout pour passer inaperçue. Ce ne fut pas facile du tout, mais je finis par y arriver. La réputation de *balance* de Nati m'y aida, en jouant le rôle d'une sorte de bouclier protecteur, de répulsif. On me laissa en paix. Les médicaments m'aidèrent aussi, en m'immunisant contre les regards. Mon instinct d'adaptation fit le reste ; feindre l'indifférence, rire sans envie et dire non, seulement non, pourquoi non, non, merci. Les vieux systèmes de défense fonctionnèrent.

Et c'est ainsi que je procédai, comme je l'avais toujours fait.

Je dirais que je mis environ un an à m'adapter *convenablement*, si d'une façon quelconque je pouvais et voulais calculer le temps, si sa nature ne s'était pas altérée (pour toujours peut-être), et si ça servait réellement à quelque chose (j'ai mes doutes). À toutes fins utiles, voici quelques rares signaux indicatifs, quelques dates marquantes dans un calendrier de jours identiques ; parce qu'ils sont tragiques, ou curieux, ou pour une autre raison que j'ai oubliée.

L'été 2013 connut sa tragédie le 24 juillet. Un train dérailla à trois kilomètres de la gare de Saint-Jacques-de-Compostelle, il y eut quatre-vingts morts. Le lendemain on distribua des crêpes noirs aux fonctionnaires et aux détenues. Le 11 septembre, la Diada. À la une de *La Vanguardia*, Inma Holgado et son père main dans la main dans la foule, maillons de la chaîne humaine qui allait du nord au sud, de La Junquera à Vinaroz. Voie catalane vers l'indépendance. Le 5 décembre, on voulut observer une minute de silence pour la mort de Nelson Mandela, mais ce fut impossible, la prison est un endroit très bruyant. Noël 2013 ne laissa aucun souvenir. Au printemps 2014 un type barbu remporta l'Eurovision, et en juin le roi abdiqua. Et à la mi-juillet, alors que j'errais sans but dans les couloirs, je tombais sur un avis punaisé au tableau des annonces avec un titre des plus optimistes. « Le plus facile est de commencer. » Nouvel atelier dans les cours d'orientation. Deux fois par semaine. Salle d'informatique.

Cet ouvrage a été mis en pages
par IGS-CP à L'Isle-d'Espagnac (16)
Impression : CPI Firmin-Didot
Dépôt légal : mai 2022 – N° 2538 (169008)
Imprimé en France